© Charleston, une marque des éditions Leduc, 2024
76, boulevard Pasteur
75015 Paris – France
www.editionscharleston.fr

ISBN : 978-2-38529-213-3

Maquette : Patrick Leleux PAO

Pour suivre notre actualité, rejoignez-nous sur Facebook (Éditions.Charleston), sur Instagram (@editionscharleston) et sur TikTok (@editionscharleston) !

Charleston s'engage pour une fabrication écoresponsable ! Amoureux des livres, nous sommes soucieux de l'impact de notre passion et choisissons nos imprimeurs avec la plus grande attention pour que nos ouvrages soient imprimés sur du papier issu de forêts gérées durablement.

Sandra Martineau

CHANGER DE CIEL POUR MIEUX VOIR LES ÉTOILES

Roman

XO EDITIONS

Où que tu ailles, c'est toi que tu retrouves.

1

« Vous héritez de votre grand-mère une maison dans le sud de la Sarthe. »

Depuis que j'ai quitté l'office notarial ce matin, cette phrase tourne en boucle dans ma tête. Je pensais être de nouveau convoquée pour la succession de ma mère, mais j'ai compris que l'histoire se compliquait quand le notaire a prononcé le mot « grand-mère ».

Jusqu'à aujourd'hui, mon arbre généalogique se résumait à un ascendant : ma mère, Emmanuelle Édouard. J'ignore l'identité de mon père, je n'ai pas rencontré mes grands-parents maternels, et je n'ai pas connaissance d'oncles, de tantes ou de cousins, même éloignés. De toute évidence, Élisabeth Édouard, dont je découvre l'existence, était ma grand-mère. Celle que, toute ma vie, j'ai crue morte. C'était donc un mensonge, que ma mère a soigneusement entretenu durant de longues années, avant d'emporter le secret dans sa tombe.

Installée sur mon canapé, je n'ose plus toucher au dossier notarial que j'ai posé sur la table basse. Je n'ai pas hérité d'un compte en banque confortable, mais d'une maison. Dans le sud de la Sarthe, qui plus est. La Sarthe, ce n'est pas si loin de Paris. Pourtant, j'ai l'impression que c'est à l'autre bout du monde.

Que faire de cette baraque ? La vendre, sans doute. D'autant que le peu d'économies qu'il me reste ne suffira pas à couvrir les frais de succession. Le notaire m'a précisé la superficie de la bâtisse : cent vingt mètres carrés sur deux niveaux, plus une cave, soit quatre fois la taille de mon appartement parisien. Mais le trip « maison de campagne » ne me fait pas fantasmer plus que ça. D'autres rêveraient de posséder une résidence secondaire dans laquelle ils pourraient passer leurs week-ends ou leurs vacances loin de la capitale, moi je n'aspire qu'au confort du centre-ville. À Paris, je peux organiser ma vie d'écrivain célibataire comme je l'entends : lundi et jeudi aquabike, mardi yoga, mercredi et vendredi cours de dessin, et dimanche midi un brunch avec ma meilleure amie Marion. Pas sûre de trouver autant d'animation dans le village de… Comment s'appelle-t-il déjà ? Maintenant ! Il fallait l'inventer, celui-là.

J'attrape mon portable et clique sur Google Earth, histoire de voir à quoi ressemble cette maison pour laquelle une dizaine d'habitants ont fait une offre d'achat. Mais, en zoomant, je n'obtiens que des champs. Pour en savoir plus, pas d'autre choix que de me déplacer.

Une petite voix m'interdit de me poser plus de questions et m'ordonne de vendre immédiatement, tandis qu'une deuxième me conseille de prendre le temps de la réflexion : j'hérite de ce bien et je ne peux le dilapider à la va-vite sous prétexte que je n'ai pas envie de mettre les pieds à la campagne. Pendant que ces deux voix se chamaillent, la sonnette de la porte d'entrée retentit. Je n'attends personne, et encore moins quelqu'un qui aurait le code d'accès à l'immeuble.

Un coup d'œil dans le judas et je découvre un livreur, qui tient un carton d'emballage à la main.

— C'est pour quoi ? demandé-je en ouvrant.

— Bonsoir, j'apporte une pizza quatre fromages.

— Ça sent bon, mais j'ai bien peur de n'avoir rien commandé du tout.

L'homme fronce les sourcils.

— Vous êtes Chloé Édouard ?

— Euh, oui...

— OK, c'est bien ici alors, et c'est déjà réglé !

La livraison inopinée de cette pizza m'intrigue, mais à la pensée du néant qui remplit mon frigo, j'opte pour un repli stratégique.

— Je la prends, merci.

Le coursier me tend aussitôt un papier et m'indique où signer. Comme je m'approche de lui, la situation s'éclaircit.

Agnès Lhermitte, mon éditrice, s'est planquée dans un coin et me regarde, un sourire pincé figé sur les lèvres. Sa présence ici ne présage rien de bon. Elle n'est pas venue jusqu'à mon domicile, perchée sur dix centimètres de talons, maquillée comme une star et sanglée dans un tailleur de grand couturier, juste pour s'assurer que je ne me laisse pas mourir de faim.

Elle congédie le livreur d'un « merci, mon brave », attrape le carton à pizza et, de la main, me pousse à rentrer dans mon appartement, qu'elle examine d'un air hautain. Faute de trouver un espace suffisamment dégagé à son goût, elle pose l'emballage sur le sol.

— Ma chérie, ma chérie, mais qu'est-ce qui t'arrive ? Tu ne réponds pas à mes appels !

J'aurais dû me douter que, après avoir saturé ma messagerie téléphonique, elle tenterait de me voir en personne.

Pas le temps d'en placer une. Elle reprend :

— C'est quoi, cette petite mine ? Il s'est passé quelque chose ?

Elle s'assoit sur le canapé qu'elle tapote pour m'inviter à la rejoindre. Ses traits se creusent sous l'expression d'une inquiétude sincère.

— Pourquoi es-tu habillée tout en noir ? Oh, mon Dieu ! Oh, mon Dieu ! répète-t-elle en prenant des intonations catastrophées.

— Euh…

— Ne dis rien ! Tu as perdu quelqu'un ? Oh ! je suis tellement désolée, ma chérie. Je m'explique mieux ton silence maintenant. Pourquoi ne m'as-tu pas prévenue ?

Il me faut quelques secondes pour comprendre qu'elle me croit en deuil. Je dois avouer que, à peine coiffée, et vêtue d'une tunique et d'un pantalon noirs qui me servent de pyjama, je suis loin de la version haute en couleur et chignon serré sous laquelle je me montre habituellement. Parce que je dois assurer : Agnès est non seulement une éditrice hors pair, mais aussi le parfait coach mode, bien-être et cosmétique. Un bouton sur le visage ? Cure détox de légumes verts. Le cheveu rebelle ? Bain d'huile hydratant. Mauvais sommeil ? Réorientation des meubles de la chambre. Agnès est la reine de la libération des énergies créatrices, un véritable gourou qui a su embrigader toute son équipe dans ses extravagances.

— Ce n'est pas trop dur ?

Comme je ne réponds pas, une expression désolée parcourt son visage. Je prends alors conscience que je peux exploiter cette situation à mon avantage. J'arrache un Kleenex de la boîte posée sur la table basse et me mouche bruyamment.

— Pleure, ça fait du bien de pleurer, me murmure-t-elle en me prenant dans ses bras.

Si je lui racontais les derniers événements, elle ne pourrait refuser de m'accorder un délai supplémentaire pour mon prochain manuscrit. Je ne perds rien à jouer un peu la comédie pour tenter de prolonger mon sursis.

— C'est ma grand-mère. Elle est morte il y a trois semaines, et je sors de chez le notaire.

— Pourquoi ne m'as-tu rien dit ? Je ne suis pas un monstre, j'aurais compris que tu avais besoin de temps pour te remettre de cette perte…

— Oui, je sais bien, mais je ne m'en suis pas sentie capable. Trop de souvenirs, dis-je en baissant le ton.

Et l'oscar de la meilleure actrice est décerné à… Chloé Édouard ! Mais non, c'est Agnès qui rafle la statuette. Un mouchoir en tissu à la main, elle s'évertue à éponger les coins de ses yeux aussi secs que le désert californien.

J'enclenche la seconde et relance la discussion.

— Quand ma mère est morte, ma grand-mère a été très présente et…

— Tu ne m'en as jamais parlé, ma chérie ! J'aurais été ravie de la rencontrer.

Tandis que je mets ma bouilloire en route, je me tourne vers Agnès et me retiens de rire en découvrant son regard de chien battu.

— Et moi donc. Tu veux boire quelque chose de chaud ? Je suis frigorifiée.

— Non, merci. Je ne vais pas tarder, j'ai un dîner d'affaires.

— Un samedi soir ?

— Les affaires n'attendent pas, ma chérie. D'ailleurs, serait-il possible de lire l'ébauche de ton roman ?

Le sursis aura été de courte durée.

Casse-toi ! m'implore ma deuxième voix intérieure. *Prends de la distance, toute cette pression nuit à ta créativité !* Elle n'a pas tort. M'éloigner d'ici me permettra peut-être de réamorcer la pompe à écriture.

De toute façon, il faut que je règle cette histoire de maison. Alors, en toute logique, je réponds à mon éditrice :

— Cette mort m'affecte beaucoup…

— Bien sûr, mais Ludivine Morel et Josie Ferguson viennent de passer devant toi en chiffres de ventes. Sans compter que le nouveau roman de Cynthia Desrues est qualifié de « pépite » par les blogueurs. Le but du jeu est de ne pas se faire oublier.

Merci Agnès, la pression redescend d'un coup ! Sept sur l'échelle de Richter, je me sens beaucoup mieux.

— Excuse-moi, ma chérie, se reprend-elle. Je suis trop dure avec toi. Tes lecteurs et lectrices t'adorent. Ils t'attendent et t'attendront. Ne te fais quand même pas trop désirer !

Elle se lève et passe une main sur sa jupe, comme pour effacer des plis fantômes.

— J'ai une réunion jeudi avec Vincent et l'équipe. Auras-tu quelque chose à nous faire lire d'ici là ?

Elle ne lâche rien ! Et voilà que Vincent entre dans la partie. Vincent, le porte-parole, l'expert journalistes et communication, l'attaché de presse le plus efficace que je connaisse. Une perle dans le milieu. Je sais qu'il attend avec impatience mon prochain manuscrit.

Un timide « Dans un mois » s'échappe de ma bouche.

Trente jours, c'est de la folie ! Beaucoup trop court ! Pourquoi ai-je dit ça ?

L'air songeur, Agnès hoche la tête, avant de se diriger vers la porte. La main sur la poignée, elle se retourne et plante son regard dans le mien.

— Ma petite Chloé, sois sincère avec toi-même et prends soin de toi ! Fais-moi aussi le plaisir de ranger ton appartement. Tu ne peux pas avoir les idées claires avec un bordel pareil.

Et elle tourne les talons pour sortir, me laissant les yeux écarquillés.

Peau de vache !

2

Je réfléchis aux paroles d'Agnès : « Sois sincère avec toi-même. » Que dois-je comprendre ? En ce qui concerne ma conception du rangement, je ne peux que donner raison à mon éditrice. J'ai laissé le chaos envahir l'unique endroit où je me sens parfaitement à ma place et je traîne dans un désordre sans nom.

Enfin, si – le cyclone qui a dévasté ma vie sentimentale, le restant de ma dignité ainsi que mon compte épargne en porte un, de nom : Luigi. Un hymne à l'amour à lui tout seul. Grand, musclé, beau comme un dieu, le sourire ravageur de l'Italien sûr de lui. Déjà deux mois qu'il m'a plaquée après un semestre d'une histoire passionnelle, et je n'ai pas encore fait le deuil de cette relation. Un matin, il a franchi la porte, sa valise à la main, en m'annonçant que les choses n'étaient pas si simples, que j'étais trop imprévisible, toujours là où on ne m'attendait pas. Il avait besoin d'une pause pour faire un point sur sa vie. J'étais une fille merveilleuse, le problème ne pouvait venir que de lui.

Sous le choc, je n'ai pas pensé à lui demander ce qu'il advenait de l'argent que je lui avais prêté. Il était censé créer une entreprise de vêtements de sport connectés, qui n'a jamais vu le jour. Et bien entendu, comme j'étais trop merveilleuse pour être méfiante, trop merveilleuse pour lui faire signer une reconnaissance de dette, il m'a entubée comme une bleue. Ces six mois d'idylle m'ont coûté les droits d'auteur de quatre romans. Sans compter que je suis passée pour une idiote au commissariat, où j'ai voulu déposer une plainte pour escroquerie. Quelle escroquerie ? Je ne pouvais rien prouver. Mes économies à six chiffres se sont évanouies, mais je ne peux penser à lui sans que mon bas-ventre ne s'échauffe.

Ce salopard m'a déclenché des orgasmes que je n'aurais jamais imaginé connaître. J'éprouvais aussi une certaine fierté à me promener à son bras. Pour épater les chroniqueuses, les journalistes et autres personnalités évoluant dans cet univers, je l'exhibais à mes soirées littéraires. Beau gosse, gentleman, cultivé et drôle, Luigi avait un charme irrésistible. Tout le monde y succombait, et surtout moi. Flattée qu'il m'ait choisie, je répondais au moindre de ses désirs.

Je balaie les souvenirs qui remontent en cascade. Il est grand temps que je me débarrasse de ses affaires. Mais avant de me lancer, un coup de fil à ma meilleure amie s'impose.

— Salut, ma caille ! Ça va ? Et la petite puce ?

— Salut toi ! Tout le monde va bien. Même Antonio, puisque tu le demandes, ricane Marion.

Ah ! Antonio, son cher et tendre. Un autre Italien… L'éternel rival qui a considérablement réduit l'espace-temps que j'occupe dans l'agenda de Marion. Le fameux mari jaloux de notre complicité. Ce type ne peut pas imaginer que je suis juste une « loseuse » de l'amour et s'est persuadé que je suis lesbienne. À chacune de nos rares retrouvailles, il asticote sa femme pour déceler un éventuel rapprochement physique suspect.

— Y a un souci pour que tu m'appelles un samedi soir ?

Oups ! Encore une règle qu'Antonio a instaurée après leur mariage : pas d'appels le samedi après 19 heures pour éviter que la soirée termine en bavardages de filles.

— T'as du monde ?

— Oui, mais c'est pas grave !

— Ah, désolée.

— Non, t'inquiète !

— J'ai quelques affaires dont je voudrais me débarrasser. Est-ce que ça peut t'intéresser pour tes assos ?

— Ça te prend comme ça ? Il s'est passé quelque chose ?

— Ma grand-mère est morte.

Il y a un blanc, puis Marion réagit :

— Mais elle n'était pas morte avant ta naissance ?

— Bah, apparemment pas. Ma mère m'a menti pendant vingt-neuf ans.

— OK, faut qu'on cause ! Ne touche à rien. J'arrive avec des cartons !

— Je croyais que tu avais des invités ce soir ?

— Oui, des copains d'Antonio. Ils regardent le match de foot, ils ne remarqueront même pas que je suis partie.

— Et la petite ?

— Elle dort. Je vais coller le babyphone à son père et il va gérer.

Trois heures et deux mojitos plus tard, Marion et moi avons rempli six cartons à ras bord. J'en ai profité pour faire du tri dans mes souvenirs et mes fringues. Agnès disait vrai : j'ai l'impression d'avoir maintenant les idées plus claires. Je sais qu'avant de prendre la moindre décision, je dois découvrir la maison de ma grand-mère.

Le concept « Chloé à la campagne » amuse beaucoup mon amie. En même temps, elle me connaît par cœur. Déjà douze ans que nous nous sommes rencontrées au lycée, et pas la moindre ombre au tableau. Pourtant tout nous opposait, physiquement et psychologiquement. Elle est aussi blonde que je suis châtain, ses yeux bleu clair rivalisent avec ceux de Line Renaud alors que les miens sont tristement couleur noisette, sauf quand ils sont irrités au point d'être rouges à la sortie de la piscine. Elle est aussi dynamique qu'une équipe de handballeuses alors que j'ai l'énergie d'un poulpe. Elle a un si grand cœur, elle défend toujours la veuve et l'orphelin, quand j'ai du mal à tenir la porte à une petite vieille. Malgré toutes ces différences et d'autres encore, nous nous entendons à merveille. Elle est mon rayon de soleil, celle qui m'apporte la lumière dans mes moments d'incertitude et panse mes blessures. Elle est également ma première lectrice et son œil de lynx m'a sauvé la mise plus d'une fois. L'année prochaine, nous fêterons nos trente ans à quelques mois d'intervalle et je compte bien lui faire la surprise d'une belle fiesta en son honneur.

Du reste, sa voix guillerette me sort de mes pensées.

— Je te rappelle que c'est la pampa ! commente Marion en souriant.

— Et ?

— Tu n'as même pas une paire de bottes en caoutchouc !

— Ah ! les préjugés ! Y a pas que de la boue à la campagne.

— Ce n'est pas ce que j'ai voulu dire, mais tu as conscience que ce n'est pas goudronné partout ?

— Détrompe-toi. Je suis tout à fait équipée pour ce genre de situation.

Je me lève du canapé, direction ma chambre, et reviens triomphante avec une paire de bottes en caoutchouc au sensationnel imprimé zèbre et munies de talons d'une demi-douzaine de centimètres.

— Ça promet, ajoute Marion avant d'éclater de rire. N'oublie pas ton bloc-notes !

Mon carnet rouge ! Je ne peux pas partir sans lui. Où est-il ? Je le repère sur le comptoir de la cuisine, à sa place habituelle. Me voilà rassurée. Ce petit carnet aux pages écornées qui contient tous mes gribouillis d'écrivain m'a été offert par le P-DG de ma maison d'édition à l'occasion de la publication de mon premier roman. Il avait insisté sur le fait qu'il était impératif de noter tout ce qui me passait par la tête, surtout lorsque cela me paraissait saugrenu. Il lui avait suffi d'étudier la dégaine de la jeune recrue que j'étais pour comprendre que mon cerveau était un échangeur à idées extravagantes. Et il avait été bien inspiré : ce cadeau est devenu un outil indispensable, ma caverne aux portraits atypiques dans laquelle je me sers allègrement pour créer les fiches de mes personnages.

Il est minuit passé lorsque mon amie enfourne les cartons dans son Kangoo. En tant que travailleuse sociale, Marion saura faire le bonheur de quelques associations avec mes surplus de consommatrice des temps modernes. Avant de m'abandonner à mon triste sort, aucune remarque ou conseil : elle me supplie juste de ne pas emporter mes bottes. Pour une fois je ne vais pas l'écouter, je les prendrai dans le minuscule coffre de ma Honda S2000.

Je pars dès demain, en début d'après-midi. Terrifiée à l'idée de quitter Paris, je suis néanmoins heureuse de pouvoir faire rouler ce magnifique coupé que j'ai hérité de ma mère il y a cinq ans. Mon application GPS m'annonce trois heures de route. Je devrais donc arriver avant le coucher de soleil. Et comme l'a dit Michaël R. Roskam[1] : « Quand vient la nuit, éteignez vos soucis et allumez vos rêves ! » Et des rêves, j'en ai quelques-uns, comme des soucis…

---

1 Michaël R. Roskam est un réalisateur et scénariste belge né en 1972.

3

Pendant ce temps-là, dans le village de Maintenant…

Les chaises disposées en cercle sont toutes occupées. Une douzaine d'habitants sont venus à la réunion, et chacun a apporté quelque chose à manger. Les boissons ne manquent pas non plus. Pourtant, personne ne se sert. Les visages sont fermés et les regards se croisent dans un silence lourd de sous-entendus.

La bourgade s'apprête à livrer une nouvelle bataille contre « l'ennemie », comme certains l'appellent déjà. Une secousse qui va ébranler le village entier. L'enjeu est de taille. Chacun a un avis sur la question, mais les langues ne se délient pas.

Au bout de quelques minutes, un homme de petite taille, affublé de lunettes rondes, se lève et se place au centre de l'auditoire.

— Mes amis, nous sommes réunis ici ce soir, car l'heure est grave ! Le notaire parisien m'a appelé ce matin. A priori, l'héritière n'a pas l'intention de nous vendre la maison.

— Tu n'as pas plus d'infos ?

— Je sais juste qu'elle débarque dès demain pour quelques jours. Elle a besoin de se faire une idée de l'endroit, reprend-il de sa voix rocailleuse.

— On ne veut pas d'étrangers ici ! réplique un colosse.

— Ce n'est pas une étrangère ! C'est la petite-fille de Liz !

— Ça ne compte pas ! Elle n'a jamais vraiment vécu ici, cette gamine ! lance le même individu.

— Quoi que tu en penses, c'est un enfant du village ! objecte une femme à la tonalité vibrante d'un accent du soleil.

Sans la regarder, le géant assis à côté d'elle réitère sa protestation.

— Dis pas n'importe quoi ! Elle ne peut pas emménager dans la maison !

— Je vous rappelle qu'on a des choses à mettre en place, répond le meneur du débat.

Ces quelques mots réveillent les autres participants et les propositions commencent à fuser.

— Faut se préparer à la dégager dès qu'elle arrive…

— On va s'équiper d'un brouilleur pour qu'elle ne capte rien, ça va la gonfler sévère, la Parisienne !

— On va couper l'électricité.

— On…

— C'est pas bientôt fini, vos conneries ? s'insurge une femme d'âge mûr.

Le ton autoritaire interloque les participants.

— On ne fera rien et on verra comment ça se passe, ajoute-t-elle.

— Il faut absolument qu'on récupère la maison, on ne peut pas laisser cette fille s'installer ici…, insiste l'homme à lunettes, relançant le débat.

— Et encore moins la laisser vendre cette baraque à n'importe qui ! Si elle trouve preneurs, on fera en sorte de les effrayer, eux aussi ! ajoute le colosse.

— Roger Ikor[1] a dit : « Fais bon accueil aux étrangers, car toi aussi, un jour, tu seras un étranger ! », tente d'argumenter de nouveau la vieille dame pour calmer les échanges. Alors si on lui laissait une chance, comme à Liz ?

— C'est qui Roger Ikor ? demande une petite voix fluette. Il n'est pas de chez nous, celui-là !

La sexagénaire lève les yeux au ciel. C'est pas gagné…

---

1 Roger Ikor, écrivain français (1912-1986), lauréat du prix Goncourt en 1972.

4

— Démarre, allez, démarre !

Je m'acharne depuis quelques minutes à tourner la clé dans le contact de ma Honda coupé pour tenter de relancer le moteur, en vain. À croire que le dieu du bitume et la déesse des emmerdes ont décidé de concert de pourrir mon voyage. Je n'avais pas encore pris la route que ça commençait déjà : un abruti stationnait devant le box dans lequel je gare ma voiture. Une demi-heure de perdue avant que celui-ci ne daigne pointer le bout de son nez en prétextant une petite course. Après seulement quelques kilomètres, je me retrouve bloquée à cause d'une manifestation. L'accident sur l'autoroute A10 à hauteur de Chartres en rajoute une couche : un camion renversé sur la voie, qui m'a coincée deux heures de plus. Résultat : il est 18 heures passées, le soleil est déjà couché et ma bagnole a attendu que je sois en pleine campagne pour s'arrêter net. Pas moyen de la ramener à la vie. Au bord de la crise de nerfs, je descends de mon carrosse et donne un coup de pied dans le pneu avant de hurler à pleins poumons. Ma prof de yoga aurait honte de moi. Je me répète son mantra : « Cherche la rivière de sérénité au fond de toi pour calmer ton esprit ! »

En théorie, ça marche, mais il suffit que je jette un coup d'œil à mon portable pour oublier tout principe de relaxation. Panique à bord, je n'ai aucun réseau. Cela signifie aucun moyen d'appeler le service d'assistance de mon assurance auto. Je dois réfléchir vite et bien. Les nuits sont trop froides pour que je patiente dans la voiture jusqu'à l'aube. Deux autres options : aller chercher du secours sur la route principale, ou tenter de rejoindre le village à pied. La dernière ne me semble pas très raisonnable, mais c'est celle que je choisis. Je préfère rallier « ma » maison pour dormir.

Je ne sais pas où je me situe exactement, mais si je me fie à mes calculs, le patelin doit se trouver tout au plus à deux ou trois kilomètres de ma position. Je fixe ma pochette d'ordinateur à la poignée de ma petite valise à roulettes et cale sur mon épaule la bretelle de mon sac à main. La torche de mon portable allumée, je suis prête à faire le trajet. Avec un peu de chance, je rencontrerai une âme charitable… et pas un psychopathe.

Déjà presque une heure que je crapahute sur cette route sinueuse avec une valise qui menace à tout instant de se jeter dans le fossé. Et bien sûr, avec ma veine, il se met à pleuvoir. En l'espace de quelques secondes, je suis trempée jusqu'aux os, comme après une douche tout habillée. Heureusement, j'arrive enfin à l'entrée du village.

J'essaie de me servir de mon téléphone comme GPS, mais, sans réseau, l'application est en grève. Alors je marche au hasard de la chaussée désertique en espérant trouver rapidement le 3, rue du Saint-Esprit. J'ai froid et mes pieds me font souffrir le martyre. J'hésite à frapper à une porte pour demander mon chemin, mais avec ma tête de panda maquillé à l'encre de Chine et mon allure de rat mouillé, je préfère continuer à chercher toute seule.

Le bruit des roulettes sur le goudron résonne dans la nuit tandis que j'avance en direction de l'église. Et là, le drame ! Les réverbères s'éteignent tous d'un coup. Je vérifie la batterie de mon portable. Plus que quinze pour cent de charge. Par chance, l'entrée d'une maison s'ouvre et une silhouette se dessine dans un halo de lumière. Je vais enfin sortir de ce cauchemar.

— Pardon, monsieur, je cherche la rue du Saint-Esprit ! Pourriez-vous me renseigner ?

— Juste derrière vous, me répond une voix féminine.

Je n'ai pas le temps de m'excuser pour la méprise qu'un violent claquement me fait sursauter.

Accueil : une étoile sur cinq !

La maison dont j'ai hérité n'est plus qu'à une dizaine de mètres de moi. J'ai les jambes flageolantes. Sûrement à cause de l'effort éprouvant de mon « quatre fois cinq cents mètres » avec option valise. Toutefois, mon estomac, qui se serre, me raconte une autre histoire. Je m'apprête à pénétrer dans l'habitation d'une grand-mère que je n'ai pas connue, et sans aller jusqu'à la crise de larmes, je suis plus émue que je ne l'aurais pensé. J'attrape le trousseau que le notaire m'a remis à la lecture de l'acte, mais le mécanisme de la serrure résiste. À force de minutie et de patience, et après y avoir laissé deux ongles, je parviens à ouvrir la porte. J'y suis ! Je vais enfin pouvoir me doucher et dormir.

Je pousse ma valise à l'intérieur en essayant, au passage, de ne pas m'effondrer d'épuisement. La lumière de mon téléphone m'aide à trouver un interrupteur. Rien ne s'allume. Pas de réseau, pas d'électricité, ces deux imprévus se tirent la bourre dans une compétition de mauvais goût pour un résultat unique : faute de chauffage, il fait froid dans cette maison, je suis dans le noir complet, sans moyen de prévenir qui que ce soit. Soit ce n'était pas le bon moment pour faire ce voyage, soit je suis maudite.

J'avance, je suis sûre que la pièce dans laquelle je vais entrer me racontera une histoire différente de celle de l'ampoule grillée. Parce qu'il ne peut s'agir que de ça, une ampoule grillée ! Mais voilà… Toujours pas de lumière. Et je n'ai plus que douze pour cent de batterie. Elle se décharge trop rapidement. Une décision s'impose. Je ne vais pas fouiller l'habitation à la recherche du disjoncteur, mais d'un lit. Après avoir découvert au rez-de-chaussée une cuisine, un salon et une salle à manger, je monte à l'étage avec ma valise. J'y trouve une salle de bains et deux chambres empestant le renfermé. J'opte pour celle qui me semble contenir le moins d'acariens, champignons et autres réjouissances.

J'ai encore perdu trois pour cent de batterie. Une serviette et un pyjama sous le bras, je me précipite dans la salle de bains. Sans détailler quoi que ce soit, j'enfile mon habit de lumière et me désaltère à même le robinet, puis retourne m'allonger. Je peux enfin éteindre mon téléphone, il ne me sert plus à rien.

Je peine à fermer les yeux. Je ne suis pas d'un naturel peureux et j'ai l'habitude de vivre seule, mais ici, dans le noir, tout me paraît inquiétant. Un grincement, suivi d'un craquement. La toiture ? Une marche de l'escalier ? Je me redresse, saisie par une vague d'angoisse. Ai-je bien verrouillé tous les accès ? Et si je n'étais pas toute seule dans cette baraque ? Et si on me retrouvait égorgée demain matin ? Et si… ? Je tente de faire taire tous ces scénarios effrayants que je ne peux m'empêcher d'élaborer – il faut avouer que le cadre stimule mon imagination débordante. J'ai manqué de prévoyance, j'aurais dû demander à Marion de m'accompagner.

Je tends l'oreille, à la recherche d'un éventuel nouveau bruit, mais seul le silence fait acte de présence. Il ne doit pas être bien tard, pourtant mes paupières pèsent une tonne. Toutes ces émotions m'ont fatiguée, et je m'endors sans même m'en rendre compte.

5

Un bruit me tire de mon sommeil. Je me redresse brusquement dans le lit. La respiration bloquée, j'écoute attentivement. Le plancher craque au rez-de-chaussée. Mon cœur bat la chamade. Mes battements cardiaques résonnent tellement dans mes oreilles que je n'entends plus rien d'autre. J'inspire profondément, il faut que je me calme. Sur la pointe des pieds, je m'avance jusqu'à la porte de la chambre. Cette fois, pas de doute, quelqu'un marche dans la maison ! Mais je ne vais pas me cacher. Je ne suis plus une enfant, je vais prendre mon courage à deux mains et affronter le danger. J'actionne la lampe torche de mon téléphone et éclaire la pièce dans l'espoir de trouver une quelconque arme de protection. Avec six pour cent de batterie, il va falloir faire très vite !

Mon regard s'arrête d'abord sur un vase imitation Ming, puis un rideau sur lequel il suffit de tirer pour le décrocher. Un plan de contre-attaque s'ébauche immédiatement dans mon esprit : je vais reproduire un mouvement de self-défense de mon héroïne préférée, Xena la guerrière, et surprendre mon assaillant en lui jetant le tissu à la tête avant de l'assommer. J'avoue que mes jambes en guimauve ne sont pas partie prenante du combat, mais mon cerveau rebelle en a décidé autrement. Il n'est pas né, celui qui cambriolera Chloé Édouard ! L'arnaquer, oui ; la cambrioler, non ! À moi, la force de Xena !

Le rideau décroché et l'imposant vase sous le bras, je m'aventure à l'aveugle hors de la chambre. Le bas de l'escalier est plongé dans l'obscurité et ces ténèbres me glacent le sang. Aurais-je rêvé ce bruit ? Collée contre le mur, je me déplace en mode pattes de velours quand un faisceau lumineux surgit dans mon champ de vision. Je ne me suis pas trompée, il y a bien quelqu'un dans la maison. Fallait que ça tombe sur moi ! Un village au fin fond de la Sarthe, un voleur et c'est pour ma pomme !

Je descends les marches en prenant garde de ne pas faire de bruit. Effet raté, mais heureusement, mon cambrioleur est trop occupé pour m'entendre. Ou sourd comme un pot. Je manque de lâcher le vase lorsque plusieurs pièces s'éclairent. Le disjoncteur ! Ce petit voyou a eu plus de chance que moi…

À pas de loup, j'approche de la cuisine d'où provient le bruit et aperçois une large silhouette à demi camouflée sous le meuble de l'évier. La peur me paralyse.

— Putain, c'est caché où, ça encore ?

Cette phrase me fait l'effet d'un détonateur. Ce type sait exactement ce qu'il cherche. Je dois agir avant qu'il ne découvre ma présence. Jusque-là, le plan est cohérent, mais tout se gâte lorsque mon corps s'en mêle et que le vase se retrouve projeté dans les airs sans trajectoire précise. Le voleur sursaute.

Effet surprise réussi ! Question efficacité, on repassera : le récipient éclate à plus d'un mètre de lui. L'homme reste immobile pendant quelques secondes, tout aussi pétrifié que moi, avant de déployer sa carcasse de géant. Il est jeune, la petite trentaine, dans la force de l'âge. Misère…

Réflexe de dernière minute, je lui jette le rideau à la figure et cale mes pieds dans le sol, les deux poings devant moi, prête à me défendre. Il serait plus malin que je prenne mes jambes à mon cou et que j'aille chercher du secours, mais quelque chose m'incite à vouloir virer cet intrus de chez moi avec un coup de pied dans le derrière.

— Ça ne va pas la tête ? lance l'inconnu en se débarrassant du tissu qui lui obstrue la vue.

Je suis en position, prête à contrer la moindre tentative d'offensive, pourtant il ne semble pas que nous en soyons à ce stade. Il me fixe, interloqué.

— Ah, c'est toi !

Le gars a l'air déçu… Oui, ce n'est que moi. Et toi, t'es qui ? songé-je.

— Sortez de chez moi, ou j'appelle la police !

Il éclate de rire, un rire franc et généreux. Dans un autre contexte, je pourrais avoir envie de le partager. Je fronce les sourcils.

— Je ne suis pas sûre de saisir le comique de la situation.

— Hormis menace terroriste ou prise d'otages, on n'est pas près de voir les gendarmes débarquer ici.

— Je vous préviens tout de suite, je suis ceinture noire de kung-fu !

L'homme se remet à rigoler, faisant perdre toute crédibilité à mon argument défensif.

— Alors bienvenue chez toi, maître Kung Fu Panda !

Je rêve ! Le gars vient non seulement me dépouiller de mon héritage, mais en plus il se permet de se payer ma tête !

— Je ne pensais pas que tu étais déjà arrivée, je n'ai pas vu ta voiture aux abords de la maison.

Il me ferait presque croire qu'il m'attendait ! Qui est cet homme, à la fin ? Et c'est quoi, ces façons de me tutoyer ? On n'a pas élevé les cochons ensemble !

— Faut que je termine ça, si tu veux avoir de l'eau potable demain, poursuit l'individu en amorçant un mouvement pour retourner à l'endroit où je l'ai découvert.

À cette phrase, je percute et me remémore la légère odeur émanant du robinet. J'étais tellement assoiffée avant de me coucher que je n'ai pas fait ma difficile, mais à bien y réfléchir, le goût était épouvantable. Mon estomac se contracte et je grimace. Mon haut-le-cœur ne passe pas inaperçu.

— Bah alors, princesse, on ne se sent pas bien ? raille l'inconnu en me tendant un mouchoir.

Pour cet acte de gentillesse inattendu, je ne relève pas le « princesse ». En temps normal, il aurait eu droit à une réplique cinglante.

— Merci, dis-je en portant le mouchoir à ma bouche.

— Ça va ?

Qu'est-ce que ça peut bien lui faire ?

— Qui êtes-vous et que faites-vous chez moi ?

— Je m'appelle Bastien et j'entretiens la maison d'Élisabeth depuis sa mort. Le maire m'a demandé de la remettre en fonction pour ta venue…

— Et vous faites ça en pleine nuit ?

— Une petite insomnie. J'ai voulu m'occuper. Et je ne pensais pas que tu serais déjà là.

Ce mec m'a mis les nerfs en pelote avec son tutoiement. Je suis au niveau dix sur dix de l'irritation.

— Je suis heureuse qu'on se soucie de mon bien-être, mais à cette heure-là je préférerais qu'on me laisse dormir !

— Pas la peine de crier ! Tu vas réveiller les voisins.

Réveiller les voisins ? Et moi, on en parle ? Je vais l'étrangler, celui-là !

— Vous devriez partir maintenant. Merci pour l'électricité. Je me débrouillerai avec l'eau demain.

— Mais…

— Pas de mais qui tienne à cette heure. Chacun regagne son lit et on en reste là.

L'homme lève les mains en signe de reddition et entreprend de reculer, seulement j'ai une dernière question à lui poser.

— Au fait, comment êtes-vous entré ici ?

— Par la porte, m'indique-t-il en la désignant.

Comme je déteste perdre la face, je poursuis :

— Et c'est aussi par là que vous sortirez ! Rendez-moi tout de suite mes clés.

Il fouille dans sa poche et, tout en me tendant un trousseau, simule une révérence insupportable.

— Vos désirs sont des ordres, princesse.

— Dehors ! m'égosillé-je.

Bastien le géant quitte la maison, un petit sourire aux lèvres.

Quand je me retrouve seule, je suis encore toute tremblante. Je verrouille à double tour et, les yeux fermés, m'adosse au battant. Je sens que je vais détester cet endroit.

Espèce de bouseux !

6

Je me réveille, l'esprit embrumé, pensant avoir entendu une sonnerie, mais le bruit est tout autre : un coq ! Qui est l'abruti dans l'immeuble qui a acheté un coq ? Je me lève, furieuse, avant de me souvenir que je ne suis pas à Paris, mais à Maintenant. Chez Élisabeth Édouard.

Je regarde par la fenêtre. Il n'y a pas âme qui vive. Le soleil brille dans le ciel parfaitement dégagé. À croire que j'ai rêvé les trombes qui se sont abattues sur moi hier soir. En face, la blancheur de l'église et des maisons de la rue adjacente me donnerait envie de sortir mes lunettes noires, si elles n'étaient pas restées dans la voiture.

Je me laisse retomber sur le rebord du lit. Je suis partie de Paris en m'interrogeant sur Élisabeth et la relation avec sa fille, et j'avoue ne rien y comprendre. Pourquoi ma mère m'a-t-elle menti ? Elle ne s'est pas contentée de ne pas me donner l'identité de mon père, elle m'a tu l'existence de ma grand-mère et a amputé ma vie de moments géniaux que j'aurais pu vivre avec elle. Je voudrais détester ma mère, mais je n'y arrive pas. Sans doute était-elle animée de bonnes intentions ? Peut-être voulait-elle m'éviter de rencontrer une grand-mère alcoolique ou violente ? À vrai dire, je n'y crois pas trop. Si c'était le cas, ma mère aurait pris le temps de me l'expliquer. Qu'est-ce qui a justifié cette omerta ? Les histoires de ces deux femmes sont enfouies six pieds sous terre, mais les réponses à mes questions sont dans cette maison, dans ce village, j'en suis sûre. Car les secrets ne meurent jamais avec leurs détenteurs. À moi de chercher...

Alors que je m'apprête à sortir de la chambre, je ressens une douleur qui était passée inaperçue à mon réveil. J'ai les bras et les épaules en compote. Sans doute à cause de l'effort fourni pour traîner ma valise. Une heure, trois kilomètres, des muscles en papier mâché... le résultat n'est pas fameux. À mon retour à Paris, je reprends le sport !

Je pénètre dans la minuscule salle d'eau : une douche, un lavabo et des toilettes, le tout tenant dans à peine trois mètres carrés. Un soupir d'exaspération s'échappe de mes lèvres. Mon petit appartement et ma gigantesque baignoire ne m'ont jamais autant manqué. J'aurais volontiers pris un bain pour me détendre après ce voyage éprouvant et cette nuit difficile. Hélas ! je me contenterai d'une position verticale pour tenter de soulager également mes courbatures. Mais je dois bien reconnaître que la maison est quatre fois plus grande que mon logement. À Paris l'espace est un luxe qui se paie. Mais je n'oublie pas qu'ici je ne suis pas vraiment chez moi, et comme disait ma mère : « Il vaut mieux un petit chez-soi qu'un grand chez-les-autres. »

J'entreprends de faire ma curieuse en ouvrant l'unique armoire de la pièce. J'y découvre une armada de bijoux et de cosmétiques, et le premier pot que j'attrape m'arrache un cri de surprise : c'est la crème de jour d'un célèbre couturier qui s'est lancé avec succès dans les produits de beauté. Pour avoir déjà vu ce produit en boutique, je sais qu'il vaut une petite fortune. Ma grand-mère semblait prendre soin d'elle, car il y a là un véritable trésor. Elle avait sans doute beaucoup d'autres activités et centres d'intérêt, mais difficile d'imaginer quoi que ce soit quand on ne sait rien d'une personne.

Un flacon de parfum attire mon attention. Je renifle le bouchon. Les effluves qui envahissent mes narines me propulsent dans le passé. Je suis haute comme trois pommes et je me blottis dans les bras d'une femme qui a la même odeur. J'ai beaucoup pleuré et elle me dorlote. Ses mains caressent mes cheveux. Chacun de ses gestes est empreint d'une grande tendresse. Je voudrais pouvoir affirmer qu'il s'agit d'Élisabeth, mais je n'ai aucune certitude et je me demande si je ne suis pas en train de tout inventer. Je n'ai jamais rencontré ma grand-mère. Jamais.

Une demi-heure plus tard, je suis maquillée et coiffée d'un chignon serré. Aujourd'hui, j'arrive en terre inconnue, j'ai donc opté pour le classique. Vérification dans un miroir : celui-ci me renvoie l'image d'une femme qui souhaite faire bonne impression, sans toutefois réussir à maîtriser le dosage.

Au rez-de-chaussée, je découvre tous les détails qui m'ont échappé la veille au soir. Dans la pièce qui fait office de salon-salle à manger s'entassent des éléments d'ameublement hétéroclites : un lustre en cristal, une large table en rotin, un buffet en chêne, un

Chesterfield en cuir marron, un canapé marocain. Je souris intérieurement : Agnès aurait pété une pile en entrant dans cette pièce. « Pas assez feng shui, ma chérie ! Trop de yang, pas assez de yin, il faut faire place nette ! » Sur ce point-là, elle n'aurait pas tort. Tout autant que mon appartement, cette maison nécessiterait un bon nettoyage. Je glisse un doigt sur la surface du buffet – ce meuble n'a pas dû voir un chiffon antistatique depuis un moment. Heureusement que je ne suis pas allergique à la poussière… Et ces murs ! Pourquoi les avoir peints de couleurs différentes sans réelle harmonie ? Cet endroit n'est décidément pas à mon goût. Il n'y a pas une seule photo encadrée. À quoi est-ce que je m'attendais ? Des clichés de moi et ma mère partout dans la maison ?

J'avance jusqu'à la cuisine et aperçois un fourneau à bois. Ma mère qui était chef dans un restaurant aurait fait des merveilles avec un tel instrument. Mais moi qui ne suis déjà pas très douée avec un micro-ondes, je sens que ça va être compliqué de me préparer un repas chaud. Je tourne la tête et la baie vitrée m'impose une vue sur l'arrière de la maison. Le spectacle est navrant. Une orgie de mauvaises herbes a envahi la pelouse et les parterres de fleurs qui entourent la terrasse sont désespérément vides. L'automne a commencé son œuvre.

J'ouvre la baie vitrée et je sors examiner de plus près l'étendue des dégâts. L'air est frais, mais pour un mois d'octobre, les températures sont particulièrement clémentes. Je note également l'absence de particules de pollution. J'inspire à pleins poumons, avec l'étrange sensation de respirer pour la première fois. Tout semble si différent ici. Tout, y compris le voisinage…

Je suis dehors depuis trente secondes lorsqu'une voix masculine m'interpelle.

— Elle a vu, la jolie d'moiselle ? Le ciel est avec nous !

Je lève les yeux et découvre une tête par-dessus la haie mitoyenne. L'homme doit être à peine plus haut que les arbustes, car au vu de son équilibre précaire, il donne l'impression de se maintenir sur la pointe des pieds.

— C'est autre chose qu'hier, hein, pas vrai ? Elle a pris l'averse en arrivant ?

Surprise par la bonne humeur avec laquelle il enveloppe chacune de ses questions, je le fixe sans répondre. Ce visage est étonnant. Rond et lisse, il rappelle celui d'un poupon, alors que mon voisin doit avoir plus de trente-cinq ans. Ses grandes oreilles semblent avoir été volées à M. Patate. Sans oublier ses yeux globuleux…

— Elle a fait bon voyage ? poursuit-il.

Qu'est-ce que c'est que cette manie de m'adresser la parole à la troisième personne ? Je me réveille à peine dans ce village inconnu et je me vois déjà confrontée aux bizarreries linguistiques de la population locale. Et question tranquillité, je sens que je vais batailler dur.

— Oui, et elle vous remercie de vous en inquiéter, lancé-je.

— Et sa voiture, elle l'a garée où ? me demande-t-il sans se départir de son sourire.

Sa dernière interrogation me rappelle à l'ordre : ma bagnole est en panne, à quelques kilomètres de là. Il faut que je la fasse remorquer et réparer. Je m'excuse brièvement en m'éclipsant à l'intérieur, avant de remonter quatre à quatre l'escalier et de fondre sur mon téléphone comme la misère sur le monde. Marion serait fière de moi, je ne l'ai pas touché depuis mon réveil. J'esquisse un sourire en pensant à mon amie qui me traite en permanence de geek ou de nomophobe parce que j'ai toujours mon portable à portée de main. Un clic pour lui faire reprendre vie et… aucun réseau ! Le stress me gagne. Je teste le moindre mètre carré de la bâtisse et du jardin, les deux bras tendus en l'air à la recherche d'une quelconque connexion, mais perds rapidement tout espoir de me transformer en antenne réceptrice. *Nada !* Je retourne près de la haie, je prie pour y retrouver mon voisin. Le brave homme n'a pas bougé.

— Excusez-moi, monsieur ?

— Non, Chloé. Moi, c'est Antonin.

Apparemment, tout le monde me connaît ici.

— Enchantée, Antonin. J'ai un gros problème de réseau et…

— Ah oui, c'est normal ! Les portables ne passent pas à Maintenant !

— Vous voulez dire certains opérateurs ?

Tandis que je prononce cette phrase, je suis prise d'une bouffée de nervosité. Mes mains sont moites et je tremble, de façon imperceptible.

— Non, non, tous les portables sans exception ! répond-il. En général, quand on veut passer un coup de fil, on va à la mairie ou chez Madeleine.

Cette nouvelle fait l'effet d'une bombe dans ma tête d'hyperconnectée. Mon pouls s'accélère et une petite voix se met à crier dans ma tête : *T'es en zone blanche ! T'es en zone blanche !*

— Elle n'a pas l'air d'aller bien ! me lance Antonin.

Bien sûr que non, elle ne va pas bien !

J'ai la poitrine comprimée. Sans prendre le temps de répondre à mon voisin, je me précipite dans la maison et m'effondre sur une chaise. Même au fin fond du Vercors, mon mobile a toujours affiché des barres de réseau, et ici, à trois heures de Paris, que dalle.

L'heure est grave. Les coudes posés sur la table, la tête entre les mains, je réfléchis. Je dois faire rapatrier ma voiture, mais premier couac : l'attestation d'assurance est restée à l'intérieur avec la carte grise. Et le seul numéro que je connaisse par cœur, c'est celui de Marion, qui ne va pas m'être d'une grande aide pour l'assistance...

Je me remémore ce qu'Antonin a dit : pour accéder à un téléphone fixe, j'ai le choix entre la mairie ou Madeleine. Je n'ai pas envie que tous les gens du village entendent de quoi il retourne, alors je choisis Madeleine. Mais qui est cette Madeleine ? Je me vois mal aller demander ce renseignement à Antonin, étant donné que je l'ai planté deux fois de suite.

Je décide alors de demander à mon autre voisin. En quittant la maison, je m'arrête pour regarder la place du village. Lors de mon arrivée nocturne, j'ai juste compris que le bourg s'étendait sur deux rues principales autour de l'église, mais en plein jour, je découvre un décor loin de celui que je m'étais imaginé en partant de Paris. Je pensais trouver un endroit déprimant aux couleurs ternes et sans vie. Et à ma grande surprise, tout est parfaitement entretenu. Les platanes qui entourent la place sont déjà à moitié nus, mais pas une feuille ne traîne au sol, ni même dans le caniveau. Les pots de fleurs installés devant l'entrée de l'église sont parfaitement nettoyés et attendent le retour de leurs garnisons. Je me fais la réflexion qu'aux beaux jours, l'endroit doit être très fleuri. Je fais quelques pas et tourne sur moi-même pour observer l'ensemble architectural. Les bâtisses qui bordent la rue sont toutes à hautes toitures et les volets peints dans des teintes vives me rappellent la palette de couleurs des façades de l'île de Burano. Le tout est assez plaisant à regarder. Un environnement attrayant est un point positif pour une vente immobilière.

La maison de ma grand-mère n'est pas en reste. La glycine qui habille la façade en grimpant le long d'un treillis jusqu'à la toiture crée son petit effet. Je tombe moi-même sous le charme. L'aspect extérieur donne également envie, deuxième bon point. L'objet premier de ma sortie me revient à l'esprit. Je frappe à la porte voisine. Des cheveux blancs apparaissent dans l'embrasure, puis le visage accueillant d'une femme assez petite et tout en rondeurs. Elle est hors d'haleine, sans doute s'est-elle dépêchée pour venir ouvrir.

— Bonjour, excusez-moi de vous déranger, je cherche Madeleine.

— Oh, quelle surprise ! me coupe-t-elle. Tu es Chloé ?

— Euh, oui !

— Tu es devenue une jolie jeune femme ! Ta grand-mère serait heureuse de te savoir parmi nous, reprend-elle.

Passé l'étonnement, je suis obligée d'admettre que même si je n'en garde aucun souvenir, je suis forcément déjà venue ici petite. Sinon, comment expliquer que tout le monde connaît mon prénom, et pourquoi serais-je « devenue une jolie jeune femme » ?

— Vous la connaissiez ?

Quelle idiote je fais ! Il y a trente habitants à tout casser dans ce village, bien sûr qu'elle la connaissait. La femme me sourit, un sourire doux, mais empli de tristesse. La disparition d'Élisabeth l'affecte, c'est certain.

— Nous étions amies. Ne reste pas dehors, Chloé. Entre ! Nous allons discuter.

J'hésite. Si je commence à faire la causette chaque fois que je frappe à une porte, je ne suis pas près de mettre la main sur cette Madeleine.

— J'ai quelques urgences à régler avant de pouvoir me poser pour bavarder. Ma voiture est en panne sur la route et je ne capte pas ici. Je dois passer quelques coups de fil et…

— C'est pour ça que tu cherches Madeleine ?

— Oui ! Je suis désolée d'être aussi abrupte, mais il est impératif que je prévienne mes proches.

— Viens, le téléphone est dans la cuisine !

Le téléphone ? Cette femme est donc Madeleine ? Quelle chance ! Elle me fait remonter un couloir assez étroit. La toile qui y est suspendue accroche mon regard. Il s'agit à n'en pas douter d'un portrait d'elle, assez particulier. Son visage arbore moins de rides et ses cheveux sont plus blonds que blancs. On reconnaît avec précision ses traits, mais ses yeux emplis d'étoiles sont exagérément grands, à la façon *big eyes* de Margaret Keane[1].

---

1 Peintre américaine, née en 1927 à Nashville, auteure de portraits d'enfants aux grands yeux qui ont connu un énorme succès.

— C'est ta grand-mère qui l'a peint. Elle aimait représenter les étoiles quand elle les voyait dans le regard des gens.

Je ne réponds rien. Madeleine m'invite dans sa cuisine.

— Thé ou café ? me demande-t-elle alors que je découvre avec stupéfaction un vieux téléphone fixe.

— Thé, bredouillé-je en considérant l'antiquité.

7

Fixé au mur, le combiné est relié au socle de l'appareil par un cordon tellement long qu'il traîne au sol. La couleur orange flashy du téléphone me paraît improbable, mais lorsque mon regard se pose sur l'ensemble de la cuisine, je comprends mieux : totale immersion dans les années 1970 au sein d'un véritable musée où sont exposés des meubles en Formica sur fond de papier peint aux formes géométriques et psychédéliques dans un camaïeu de jaune. Même les tasses sur la table sont d'une autre génération. La cuisine de Madeleine ne sait rien de l'époque actuelle.

Je lève les yeux vers le plafond et j'aperçois une suspension orange, elle aussi. Mon pote architecte d'intérieur pour bobos parisiens se ferait un plaisir de reproduire cette ambiance dans l'appartement d'un de ses riches clients. Perso, je n'aime pas du tout, mais comme on dit, « les goûts et les couleurs… ».

— Madeleine, vous auriez un annuaire ?

Parce que sans Internet, hein, il faut au moins ça !

— Oui, bien sûr ! Mais avant que j'aille te le chercher, nous allons prendre un petit thé.

Elle incline la bouilloire pour verser l'eau frémissante dans ma tasse vintage et me propose poliment du sucre, que je refuse.

— J'ai besoin de passer quelques coups de fil.

— Ça peut attendre, dit-elle en s'asseyant.

Elle m'observe sans prononcer un mot de plus. La lueur qui traverse ses yeux m'inquiète. À quoi est-elle en train de penser ? Face à son regard inquisiteur, je ressens l'obligation de m'expliquer.

— C'est-à-dire que je dois prévenir mon amie Marion que je suis bien arrivée, et puis je dois faire remorquer ma voiture au plus vite si je ne veux pas que la fourrière s'en charge à ma place.

— Ici, on prend le temps de vivre, réplique-t-elle simplement. Le village de Maintenant est un présent que nous fait la vie. Il faut profiter des petits bonheurs qui se cachent dans les détails du quotidien.

Ses paroles me laissent sans voix. Serais-je tombée dans une secte ? Madeleine plisse les yeux comme si elle avait entendu mes pensées. Elle se lève en direction du gros bahut en chêne et extirpe d'un tiroir un exemplaire du célèbre bottin jaune. Je la remercie et tourne les pages jusqu'à trouver le téléphone d'une agence au Mans.

— Securauto Assurances, bonjour ! Que puis-je pour votre service ?

— Bonjour, ma voiture est en panne et je souhaiterais avoir le numéro de votre assistance.

Tandis que je note ce nouveau numéro que je compose dans la foulée, je sens que Madeleine m'observe. Je joue avec mes doigts, arrachant au passage une petite peau qui me fait saigner.

— Qu'est-ce que tu vas faire de ses affaires ? me demande-t-elle soudain.

Je la regarde, perplexe. Je viens tout juste d'intégrer l'idée que ma grand-mère était bien vivante toutes ces années durant lesquelles je la croyais morte, alors, quoi faire de ses affaires ? Je n'en sais rien. Mais Madeleine ne semble pas l'entendre de cette oreille. Elle me fixe, les yeux emplis de nostalgie. La voix à l'autre bout du fil me sauve la mise.

— Securauto Assurances, bonjour. Sophie à votre service. Que puis-je faire pour vous ?

Je respire profondément, comme soulagée d'échapper, ne serait-ce que provisoirement, aux interrogations de Madeleine.

— Bonjour, je suis tombée en panne la nuit dernière sur une route déserte et je souhaiterais faire rapatrier ma voiture dans un garage.

— J'ai bien compris votre demande, madame. Pouvez-vous me donner l'immatriculation de votre véhicule ?

— Euh, non. Je ne la connais pas.

— Avez-vous votre carte verte avec vous ?

— Non, je l'ai oubliée dans la boîte à gants.

Premier soupir. Je commence déjà à l'agacer. Son ton devient plus sec.

— Votre nom, s'il vous plaît.

— Chloé Édouard.

— J'accède à votre dossier, madame Édouard.

— Oui, merci.

— Pouvez-vous me confirmer votre numéro de téléphone ? 06…

— Ici ça ne capte pas. Je peux vous donner un autre numéro où me joindre.

— Non, ce ne sera pas nécessaire.

— Comment ça ?

— Vous n'êtes plus assurée depuis un mois.

— Pardon ?

Comment cela est-il possible ? Je suis sociétaire chez eux depuis dix ans, pas un sinistre, pas un bris de glace, et je paie une blinde la cotisation d'une bagnole qui roule à peine trois cents kilomètres par an. Mon sang ne fait qu'un tour. Je laisse ma colère exploser en hurlant à travers le combiné.

— Vous ne pouviez pas m'appeler pour me prévenir ?

— Vous n'avez pas accepté le prélèvement automatique et nous vous avons envoyé deux relances pour le règlement de votre cotisation. Sans réponse de votre part, nous avons suspendu votre couverture.

Je me souviens bien d'avoir reçu des lettres, mais je ne me rappelle pas les avoir ouvertes. Punaise, mais quelle abrutie je fais ! Je m'apprête à répliquer lorsque je vois ma voiture passer sur une dépanneuse. Je me précipite vers la fenêtre en tirant au maximum le cordon du téléphone. La camionnette s'arrête devant le bar en face de l'église et le chauffeur qui en descend pénètre dans l'établissement.

— Allô ? Allô ? s'égosille mon interlocutrice à l'autre bout du fil.

— Je vous rappelle, lui dis-je en raccrochant.

L'incompréhension mêlée à une colère puissante, je sors de la maison de Madeleine en deux temps trois mouvements et traverse la place, direction le bistrot. J'ouvre la porte de l'établissement comme une furie, avant de m'immobiliser devant les hommes installés au comptoir. Intimidée face à leur regard ahuri, je n'ose pas articuler le moindre mot. Cinq paires d'yeux braqués sur moi. Cinq hommes, un café et quatre bières, malgré l'heure matinale. Je reconnais le gars au café qui n'est autre que le pseudo-gardien de « ma » maison.

— Encore vous ? lancé-je à son intention.

— Eh oui ! Je suis votre bonne fée ! réplique-t-il en éclatant de rire, aussitôt imité par les autres.

Un meilleur éclairage me permet de le détailler, de la tête aux pieds. Il est grand, large d'épaules, un visage ouvert malgré des traits carrés, des cheveux en bataille. Beau brun avec des tempes légèrement grises, un teint hâlé qui rappelle celui des hommes travaillant au grand air.

— Vous n'avez pas d'autres conneries à dire ? riposté-je.

— Je ne pensais pas qu'elles étaient aussi vulgaires que ça, les Parisiennes ! intervient l'homme derrière le comptoir.

Sa voix grave est en parfaite cohérence avec sa carrure épaisse.

— T'inquiète, Bébert, c'est pas une cent pour cent, celle-là !

— Tu m'en vois rassuré, mon Bastien ! J'espère qu'il n'y en aura pas d'autres pour tenir compagnie à celle-ci, ajoute-t-il en me fixant.

Je suis sûre que cet homme, qui a priori est le gérant de l'établissement, est un faux grognon. Il a un côté gros nounours : la tête du type qui râle tout le temps, mais qui a le cœur sur la main. Pour le moment, ce n'est pas le côté attachant que je retiens, parce que le regard que le fameux Bébert pose sur moi n'a rien d'amical.

Je me concentre sur le chauffeur de la dépanneuse.

— Bastien..., commencé-je.

— Attention, les gars, ça devient intime. Elle se souvient de mon prénom, ironise-t-il.

Agacée par son ton condescendant, je contre-attaque.

— Y a-t-il moyen de parler au gamin dans ce corps d'homme ? Je pense qu'il doit être plus mature que vous.

— Vous êtes venue pour moi ? prononce-t-il avec la voix d'un gosse de deux ans.

Je lève les yeux au ciel. J'en ai marre d'être ici, au milieu de poivrots qui s'alcoolisent dès le matin. Je n'ai pas plus envie de traîner dans ce bistrot que d'attraper des puces en caressant une vache.

— Non, pour ma voiture ! C'est votre camion ?

Je désigne l'engin garé à quelques mètres de là.

— Bien vu, Sherlock ! souffle Albert qui est en train d'essuyer des verres derrière son bar.

— Je ne vous ai pas sonné, le flanker ! aboyé-je.

Il commence à me courir sur le haricot, le pilier de comptoir. Au prochain commentaire, je sors les griffes !

— Pilier, me reprend Bastien.

— Pardon ?

Aurait-il lu dans mes pensées ?

— Je vois que tu t'y connais en rugby, mais tu fais erreur. Il était pilier, pas troisième ligne, poursuit-il.

Qu'il m'agace avec ses réflexions, celui-là !

— Concrètement, ça ne change rien !

— Si tu le dis...

— Bon, à part ça, vous pouvez m'expliquer ce que ma voiture fait sur votre camion ?

— Elle bloquait la circulation.

— Quelle circulation ? Il n'y a pas une seule bagnole sur cette route !

— Bah justement. Faudrait pas les empêcher de venir.

D'un air entendu, ils éclatent de rire, avant de vider leur verre d'une traite.

— Plus sérieusement, ajoute Bastien, le maire m'a demandé de remorquer ta voiture parce qu'il n'y a pas de garage à moins de vingt kilomètres à la ronde. J'y jette un coup d'œil, si tu veux.

— Parce que vous savez réparer ce genre de véhicule ?

Ma voix se fait faussement suspicieuse, voire arrogante, juste pour le vexer.

— Le gars Bastien, il fait des merveilles avec pas grand-chose. Il sait même ramoner les cheminées, faudrait y penser, ma p'tite dame.

La troupe ne perd pas une seconde pour s'esclaffer de nouveau. Pas besoin d'avoir fait de hautes études pour comprendre l'allusion. De toute façon, le niveau intellectuel ne dépasse pas le brevet des collèges. Bastien, qui est d'une autre génération, est le seul à ne pas rire. Mais le sourire qui illumine son visage m'agace tout autant. Je tourne les talons quand il me lance :

— Fais des provisions à côté, tu vas rester quelques jours parmi nous.

— Quelques heures, tout au plus ! Je prends un taxi et je rentre à Paris.

— Bon courage, ricane-t-il alors que je quitte l'établissement pour retourner chez Madeleine.

8

La porte entrouverte, je la pousse sans hésiter et pénètre chez la vieille dame que je découvre devant son plan de travail en train de découper un gâteau aux pommes. Elle se tourne vers moi et m'offre un large sourire ainsi qu'une part de sa pâtisserie.

— Prends donc ça, je suis sûre que tu n'as même pas déjeuné ce matin. Tu es toute pâle. Viens t'asseoir, je vais te préparer une tasse de thé.

J'ai quitté son domicile comme une sauvage et elle m'accueille sans faire état de mon impolitesse. Pourquoi cette prévenance à mon égard ? Je ne sais rien d'elle et je n'aurai sans doute pas le temps d'en apprendre davantage, parce que j'ai bien l'intention de fuir ce patelin dans les plus brefs délais.

— Madeleine, puis-je encore abuser de votre gentillesse et utiliser votre téléphone ?

Après avoir passé douze coups de fil, je désespère de convaincre une compagnie de taxis de m'envoyer un chauffeur. Trop loin, trop long, pas disponible, on m'aura servi tous les prétextes avant de m'informer que, de toute façon, il n'y a pas de trains : cheminots en grève. Comment ai-je pu passer à côté de ça ? Préoccupée par mes problèmes personnels, j'en ai complètement oublié que la France était en train de résoudre ses crises économique et sociale à coups de réformes, de grèves et de manifs. Pas de bol pour moi, je n'ai d'autre choix que de rester ici quelques jours…

Pour me calmer les nerfs, j'appelle Marion. Les premiers échos de sa voix rentrent en collision brutale avec mon tympan.

— Enfin ! Je me suis inquiétée, ma caille ! Tu es injoignable !

Je lui raconte tout : la panne de voiture, l'absence de réseau et d'Internet, le pseudo-cambriolage en pleine nuit et mes problèmes d'assurance. À plusieurs reprises, elle se retient de rigoler, et quand vient le déplorable constat de mon installation provisoire « à l'insu de mon plein gré », elle éclate de rire. Ça a au moins le mérite de me tirer un sourire.

— Essaie de ne mordre personne durant ton séjour !

— Je ne promets rien, mais je vais tâcher de me tenir, murmuré-je pour éviter d'être entendue par Madeleine. Rends-moi un service, s'il te plaît.

— Le dernier souhait du condamné ?

— Hahaha ! T'as encore mangé un clown et tu ne le digères pas ?

— On ne peut rien dire avec toi ! Admets que tu as souri !

— Peut-être.

Et je tire la langue au combiné.

— Pas la peine de faire des grimaces !

Comment peut-elle me connaître à ce point ? D'après les hommes que j'ai fréquentés, je suis une fille imprévisible. Mon amie réussit pourtant à anticiper toutes mes réactions.

— Bon, sinon, tu veux quoi ?

— Que tu préviennes Agnès qu'elle n'aura pas de news de moi avant une dizaine de jours.

— T'es autant à la bourre ?

— Suis encore au point mort.

— Ah merde ! Je l'appelle ?

— Non, un mail comme quoi tu es mon messager, parce que je n'ai aucun réseau là où je suis. Tu notes son adresse ?

— Vas-y, je t'écoute.

Je la lui donne, en espérant qu'Agnès ne lui posera pas trop de questions.

— OK, je fais ça quand on raccroche. Je te joins comment si j'ai une urgence ?

— Je te laisse le numéro de Madeleine, elle me fera la commission.

— Ça ne te fait pas trop bizarre ?

— Quoi ?

— De vivre sans réseau téléphonique ni Internet ? De découvrir l'endroit où habitait ta grand-mère ? Y a pas trop à débarrasser, du coup ?

— Une montagne d'affaires ! dis-je en soupirant.

— Tu vas en faire quoi ?

Mais qu'est-ce qu'ils ont tous avec ça ? À croire qu'ils se sont passé le mot.

— Ça va aller, je suis une *survivor*, quoi qu'on en dise ! Sinon, pour ses effets personnels, je pense à toi et tes associations, t'inquiète ! Faut que je te laisse, je ne voudrais pas monopoliser le téléphone de Madeleine. En plus, ils ne doivent pas avoir le forfait illimité ici…

Encore une fois, Marion éclate de rire et mes oreilles font des réserves de ces sonorités si entraînantes. Je ne vais sans doute pas entendre mon amie avant quelques jours.

— Ma Chlochlo ?

— Oui ?

— Aucune chance que tu décides de rester là-bas ?

— T'es folle, ma pauvre ! Pourquoi tu dis ça ?

— Ça me fait trop bizarre de te savoir si loin !

Marion ou l'art du mélodrame à deux balles.

— Y a même pas trois cents kilomètres entre nous !

— Oui, mais c'est déjà plus que quatre stations de métro.

Oui, quatre stations de métro, c'est tout ce qui sépare nos deux domiciles. Mais depuis son mariage et l'arrivée du bébé, Marion n'a guère de temps à m'accorder, à part le dimanche midi pour notre brunch.

— Quand tu rentres, on se fait une nouvelle soirée, rien que toi et moi ! Maintenant que tu es loin, je me rends compte qu'on ne se voit pas assez. Tu me manques trop, m'avoue-t-elle.

J'ai l'impression qu'elle a lu dans mes pensées. Ses quelques mots me touchent, parce que ces derniers temps, j'ai souffert du sentiment de ne compter pour personne, et entendre le contraire me fait du bien.

— T'as les yeux humides ? ajoute-t-elle en riant.

— Tu me saoules !

Et je lui raccroche au nez.

La vieille dame m'observe, intriguée. Je ne suis pas d'humeur à lui expliquer la teneur de ma conversation ni à reprendre celle qui concerne les affaires d'Élisabeth.

— Merci, Madeleine, pour le téléphone et le thé. Je repasse vous voir. À bientôt !

Je pique un sprint vers la porte d'entrée et m'éclipse comme une voleuse pour ne pas lui laisser le temps de réagir. Et surtout pour contenir la vague d'émotions qui menace de me submerger.

9

Maintenant, au même moment.

— Pourquoi tu lui as dit qu'elle allait être coincée là plusieurs jours ? lance une voix grasse.

— Parce que je ne vais pas réparer sa voiture d'un coup de baguette !

— Tu sais ce qu'elle a, au moins ?

— Oui, c'est la pompe à essence.

— Et ? questionne une autre voix masculine.

— Et quoi ?

— Ça va prendre combien de temps ?

— J'ai appelé chez Honda. La pièce n'est pas en stock. Je l'aurai dans trois jours.

— Elle ne peut pas rester ici. Elle doit partir.

— On lui envoie le taxi ?

— Non, s'insurge une voix féminine.

— Pourquoi non ? demandent simultanément les trois hommes.

— Elle ne doit pas s'en aller avant d'avoir compris pourquoi cette maison ne peut être vendue à personne d'autre qu'à nous.

— On peut la séquestrer jusqu'à ce qu'elle signe !

— Tu regardes trop les séries, lance une voix un brin aiguë.

— On n'a qu'à lui dire qu'on ne veut pas accueillir des étrangers.

— Ce n'est pas que ça ! On a tous des souvenirs avec Élisabeth. Chloé est sa petite-fille et elle a sa place auprès de nous, mais elle ne veut pas rester. Et comme nous avons déjà un projet concret avec cette maison, nous devons la récupérer.

— Oui, mais dès que sa voiture sera réparée, elle partira.

— J'en ai bien conscience. On a donc trois jours pour la convaincre.

— Ou la dégoûter…, conclut l'homme aux intonations grasses.

10

De retour dans la maison d'Élisabeth, le portable en l'air, je tente encore en vain de capter un quelconque réseau. Je n'arrive pas à me résoudre à ne pas pouvoir le faire. À Paris, on trouve du wifi gratuit à tous les coins de rue, mais ici, rien. En attendant, je suis coincée dans ce bled sans voiture, sans téléphone et sans Internet. Agacée, je me jette dans le vieux fauteuil marron, mais celui-ci s'avère plus poussiéreux que je ne l'avais cru au premier coup d'œil.

Les couleurs criardes des murs m'agressent les yeux et je me sens oppressée dans cet espace qui n'est pas le mien. Mon chez-moi me manque, mais il faut faire contre mauvaise fortune bon cœur. Je dois profiter de ma visite pour faire estimer la maison. Avant la sortie de mon prochain roman, mes comptes ont besoin d'être renfloués… L'évocation de ma déchéance financière me ramène au souvenir de Luigi. Comment ai-je pu pleurer le départ de ce pauvre type qui m'a complètement ruinée ? Pleurer, c'est une chose, mais j'ai tout de même poussé le vice jusqu'à tenter de le récupérer en lui envoyant des messages enflammés. À bien y réfléchir, il faudrait que je vire de la boîte à gants de ma voiture le bouquin *Comment reconquérir son ex*. Quand je pense que j'ai déjà été remplacée par une nana version sex-symbol ! Quelques semaines après notre rupture, il l'exhibait sur son profil Facebook, vêtue simplement d'une chemise que je lui avais offerte. La photo de cette fille m'a brûlé la rétine. J'ai encore mal… Pourtant, me débarrasser de ses affaires m'a fait un bien fou. Cette pensée me renvoie à la question soulevée par Madeleine : qu'est-ce que je vais faire de tout ce foutoir qui encombre la maison ?

Chaque chose en son temps. Pour le moment, je dois m'organiser. Dans la cuisine, la porte du frigo s'ouvre sur un désert alimentaire. Hormis des paquets de sucre blanc, roux ou vanillé, les placards sont vides. Ayant compris très tôt que je ne serais jamais candidate aux concours télé culinaires, j'ai très vite délégué aux autres le soin de me nourrir : mon amie Marion, Picard, le traiteur du bout de ma rue… tout y passe, et ma cuisine aménagée me dit merci : elle reste toujours impeccable. Mais ici, si je ne veux pas mourir de faim, je dois aller faire quelques courses.

Je traverse la place pour me rendre à l'épicerie située à gauche du bar et devine tous les regards braqués sur moi. Le buste droit et la tête haute, je presse le pas en jouant les indifférentes, avant de m'engouffrer dans la boutique. Elle n'est pas très grande, mais bien agencée et accueillante, contrairement à la gérante dont le visage fermé ne m'inspire aucune sympathie. Mon petit tour dans les rayons démarre assez mal. Aucun plat préparé ni surgelé. Faute de mieux, j'attrape une boîte de biscottes et une tablette de beurre doux et me dirige vers la caissière. Après m'avoir fusillée du regard à mon entrée dans sa boutique, la femme, d'une cinquantaine d'années, m'ignore ostensiblement, le nez plongé dans un magazine féminin. Je suis sa seule cliente, mais elle trouve le moyen de me faire poireauter, me laissant tout le temps de l'observer derrière son maquillage à la truelle et sa choucroute capillaire blonde tout droit sortie d'une série télé des années 1980. Je toussote pour signaler ma présence. Elle lève la tête avec une lenteur désespérante, et lorsque ses yeux arrivent à la hauteur des miens, je me retiens de rire en découvrant un strabisme qui ajoute un charme singulier au personnage. Elle m'étudie à son tour, les lèvres toujours pincées, mais le visage plus détendu qu'à mon arrivée. Sur son chemisier est accroché un badge avec son prénom : Bernadette. En voilà une qui va finir dans mon carnet…

— Vous êtes la petite-fille d'Élisabeth ? lâche-t-elle d'une voix trop aiguë.

Je vois que les nouvelles circulent vite. Je suis même étonnée de ne pas avoir vu des affiches placardées sur les murs du village avec ma tronche et « WANTED » écrit en gros en dessous.

— On ne peut rien vous cacher. Vous n'avez pas des céréales riches en fibres ?

Elle me décoche un regard noir.

— Non, ici on n'a pas de problème pour chier.

La brusquerie de sa réponse me fait penser que je l'ai vexée en accordant peu d'intérêt à sa question. Voulait-elle aussi me demander si je comptais me débarrasser des affaires de ma grand-mère ? Le sujet a l'air de passionner les autochtones.

— Euh, moi non plus, mais…

— Alors pourquoi vous voulez bouffer ces saloperies ?

— J'aime bien avoir des repas équilibrés et…

— Ouais, j'ai compris. Vous bouffez comme un moineau.

— Comme un moineau ? répété-je, interloquée.

— Oui, vous mangez des graines et des trucs sans viande.

— Non, je ne suis pas végétarienne, je…

— Vegan alors. Vous vous en prenez aux pauvres bouchers qui font leur job ?

— Non ! Je ne suis pas vegan non plus, et je ne m'en prends à personne. Pour le moment…

— Bah, vous achèterez donc bien un peu de lard. Il est produit à la ferme du village.

— C'est-à-dire que…

— C'est pas à votre goût, les produits de la ferme ?

Je désespère de pouvoir placer une phrase entière. Cette femme a un sacré caractère. Je tente une offensive pour la dissuader de me refiler son morceau de lard.

— Si, mais je ne suis pas sûre de savoir me servir de la cuisinière.

Elle lève des yeux exaspérés, juste assez pour que je le remarque.

— Prenez donc des carottes, vous trouverez tout ce qu'il faut pour les râper dans la cuisine d'Élisabeth ! me lance-t-elle, hautaine.

Tu devrais en manger pour être plus aimable, renchérit ma petite voix intérieure.

Je fais un pas en arrière, attrape deux conserves de maïs et les pose sèchement sur le comptoir. Elle peut se les coller où je pense, ses carottes ! Mon visage s'éclaircit d'un large sourire forcé, style foutage de gueule, et je tourne les talons pour poursuivre mes courses.

Je reviens vers la commerçante, les bras chargés de deux boîtes de thon et de trois sachets de soupes instantanées. La bouilloire électrique va m'aider à résister, le temps de quelques repas.

D'une voix mielleuse, je lui demande :

— Vous avez du thé ?

— Non.

— Du café ?

— Non, mais j'ai du chocolat en poudre.

J'observe les rayons et aperçois derrière moi deux boîtes de Nesquik qui se battent en duel.

Elle me regarde d'un air contrarié, attendant qu'une réponse franchisse mes lèvres, mais comment lui expliquer mon intolérance au lactose sans risquer une nouvelle critique ?

— Ce n'est pas trop ma tasse de thé, dis-je, pensant détendre l'atmosphère par cette boutade à deux balles.

Aucune réaction. La reine des glaces est définitivement imperméable à toute tentative de conversation amicale.

— Si vous voulez boire du thé, allez chez Madeleine. Elle est mieux approvisionnée que moi.

Oui, je suis au courant !

— Je vais faire du rangement dans la maison, vous n'auriez pas quelques cartons vides ? lui demandé-je en lui tendant un billet.

Son corps tout entier se raidit et elle me répond, agacée :

— Non, et si vous voulez mon avis, vous auriez intérêt à tout laisser dans son jus et à accepter la proposition qui vous a été faite pour l'achat de la maison. Certaines personnes ici sauront respecter ce qu'Élisabeth a laissé derrière elle.

Son regard est froid. Elle a prononcé ces derniers mots sur un ton sec, proche de la colère. Ne sachant pas comment réagir face à tant d'hostilité, je disparais en marmonnant un faible au revoir. Cette première rencontre avec une des rares commerçantes du village me laisse pantoise. J'ai un arrière-goût d'incompréhension dans la gorge. Un monde nous sépare, mais ces différences ne justifient pas d'être si peu aimable. Qu'ai-je fait pour mériter une telle agressivité verbale ? Des axes de réflexion s'étirent dans mon esprit et je commence à décortiquer chacune des particularités de cette femme sans m'apercevoir que j'accélère le pas. Mes pieds ont compris avant mon cerveau que j'ai des choses à noter dans mon carnet rouge.

En passant le seuil de la maison, je m'aperçois que j'ai oublié d'acheter des sacs-poubelle et un bidon de javel. Mais pas question de retourner à l'épicerie dans l'immédiat. Je m'en passerai.

11

Pelotonnée sur le lit, je scrute le plafond en attendant que Morphée vienne me chercher. Celui-ci doit avoir un rencard plus important, parce qu'il me fait poireauter. En temps normal, je regarderais un petit film, mais ici l'exercice s'avère compliqué. Je vais aux toilettes et, en revenant dans la chambre, je remarque sur le chambranle de la porte des traits qui se suivent, des dates et des chiffres. À chaque mesure, des initiales : B ou C. La croissance de C s'interrompt beaucoup plus rapidement que celle de B, qui finit par atteindre un mètre cinquante.

Un brouhaha entrecoupé de rires et d'exclamations brise le silence de la rue et me tire de mes pensées. Curieuse, je m'approche de la fenêtre de la chambre pour observer. Bastien. Il faudrait être aveugle pour ne pas reconnaître sa carrure sportive et son minois de beau gosse.

Bastien est un MPPE, comme les appelle Marion : un « mec au potentiel physique à explorer ». Une drôle de dénomination pour classifier le type d'homme qui vous conviendrait physiquement. Moi, je saurais me contenter d'un homme un brin sentimental ayant des valeurs telles que l'honnêteté et la fidélité.

Mon MPPE est accompagné d'un chien et d'une fille qui s'agrippe à son bras en rigolant à gorge déployée. Ils ont l'air d'être très complices, tous les deux. L'animal sautille autour d'eux comme pour participer à la fête. Je les perds de vue au coin de la rue, mais j'entends encore le rire de son amie.

Je retourne me coucher. Ma vie est d'un triste… J'aimerais bien être à la place de cette fille. Non pas pour Bastien, mais parce que moi aussi, je voudrais avoir un chien et un bras auquel m'accrocher. Mais voyons le bon côté des choses : je suis propriétaire d'une maison poussiéreuse aux murs multicolores. Tout le monde ne peut pas en dire autant.

12

Il est 10 heures quand j'ouvre les yeux. J'ai bien été réveillée aux aurores par le coq, comme la veille, mais je me suis rendormie jusqu'à cette heure tardive. Je reste allongée, les paupières mi-closes. Je réfléchis. Aujourd'hui, je me sens différente. J'ai l'impression d'avoir passé une meilleure nuit que d'habitude et mon nez ne me démange plus. Exit aussi le mal de tête au réveil et bye-bye le poids dans le ventre. L'air de la campagne me ferait-il du bien ?

Dans la salle de bains, je me pèse sur la vieille balance mécanique. Aucun changement de ce côté-là… Mais j'ai un espoir, tout autre. Mon rythme cardiaque s'accélère légèrement. Et si… ?

J'ouvre mon ordinateur, clique pour accéder à une nouvelle page blanche, pianote avec frénésie, m'arrête au bout de quelques lignes et relis. Mauvais, très mauvais ! Je supprime la totalité de mes notes avant de refermer le PC. Pas l'ombre d'une histoire, aucune matière. Écrire sans le début d'une intrigue n'a aucun sens. Je dois sortir pour m'oxygéner le cerveau. J'ai aussi besoin d'un café.

Je ne prends pas la peine de me maquiller, j'attache mes longs cheveux en une queue-de-cheval. J'attrape des fringues dans ma valise. Vêtue d'un jean et d'un pull léger, noirs tous les deux, je quitte la maison pour rejoindre le bar. La première fois que j'y ai mis les pieds, je n'avais pas vu l'enseigne qui surplombe l'entrée : « WELCOME. » C'est prometteur ! À l'intérieur, les tables rondes attendent leurs clients. Derrière le comptoir, le colosse au physique de rugbyman inspecte les bouteilles disposées sur les étagères. L'homme semble tellement concentré qu'il n'a pas remarqué ma présence. Je toussote. Mais rien. Je recommence. Plus fort, cette fois-ci. Toujours rien. À croire que le type est sourd, ou qu'il le fait exprès. J'attrape un haut tabouret et fais crisser les pieds sur le carrelage. Il se tourne enfin vers moi. Son visage est fermé, sans être hostile.

— Elle est grimaud ce matin ?

Je regarde derrière moi. Nous sommes seuls.

— C'est à moi que vous vous adressez ?

— Elle voit quelqu'un d'autre ?

— Effectivement, il n'y a personne. Mais du coup, vous disiez quoi ?

Il m'observe un moment avant de répliquer sèchement :

— Elle est mieux lunée ?

Hier je lui répondais avec une pointe de vulgarité, aujourd'hui j'ai décidé de rester polie.

— Oui, merci.

— Personne n'est mort dans la nuit ?

J'ai du mal à comprendre où il veut en venir.

— Pas que je sache, mais j'ai peut-être loupé une info.

— Le noir ici, c'est quand on inhume les morts !

Il désigne du menton ma tenue vestimentaire. La façon dont je m'habille ne regarde que moi. Je change immédiatement de sujet.

— Y a moyen de boire un café ?

Et je descends de mon tabouret pour m'asseoir à une table près de la baie vitrée. Il va le contourner, son bar ! Mon expresso est préparé en un clin d'œil et posé aussi rapidement sur un plateau qui reste sur le comptoir, tandis que le patron retourne vaquer à ses occupations. Cet homme commence à m'exaspérer ! Je m'apprête à manifester mon impatience quand je découvre une pancarte sur laquelle est inscrit : « Ici, on ne serre que les mains. » Irritée, je me lève pour récupérer ma tasse et me brûle les doigts.

— Ah, putain ! Il est archi-chaud votre café !

— Elle croit quoi l'archiduchesse ? Qu'on fait chauffer le café dehors ?

Ne réponds pas ! me dicte ma petite voix intérieure. Pourtant cela me démange : il ne sait rien de moi et il se permet de me juger.

Il me fixe, un sourire moqueur sur la face.

— Je suis sarthoise, moi aussi, monsieur ! lancé-je en m'asseyant sur un tabouret.

Côté réplique qui scotche sur place, on repassera. Il jette son torchon sur le comptoir, réduit la distance qui nous sépare en une enjambée et plante ses yeux dans les miens.

— Eh bien pas moi, ma p'tite dame ! Mais je suis fier d'habiter ici, chez les bouseux ! Et si elle veut prendre des nouvelles fraîches de sa Sarthe natale, je lui propose de lire le journal, conclut-il en claquant un exemplaire du *Maine libre* sous mon nez.

Je sursaute. L'homme est impressionnant quand la colère le gagne. Une petite colère, certes, mais je retiens la leçon : ne surtout pas l'énerver.

Ferait-il partie du groupe de villageois désireux de m'acheter la maison ? Je soupçonne déjà Bernadette de la supérette d'être une des instigatrices du complot. La gentille Madeleine est-elle des leurs aussi ? Une commune entière pourrait-elle vouloir interférer dans cette histoire de succession ?

Alors que je suis perdue dans mes pensées, une ligne du quotidien accroche mon regard : « Pontlieue-sur-Sarthe : double meurtre sur fond de querelle d'héritage, trente ans de prison requis. » Une tragédie sordide. Je ne peux m'empêcher de satisfaire ma curiosité malsaine et me plonge dans la lecture de l'article. Comment quelqu'un peut-il commettre de telles atrocités ? Je lève à peine la tête et vois le patron du bar en train de massacrer un citron à grands coups de couteau. Je déglutis. L'homme est déjà impressionnant, mais énervé, il est terrifiant.

J'hésite à quitter l'établissement sans finir mon café, quand une femme entre en trombe. La bonne trentaine, un style qui détonne avec celui des habitants de Maintenant que j'ai rencontrés jusqu'à présent. Cheveux rose flashy, brassière de sport et legging à impression zèbre. Comment a-t-elle fait naufrage dans ce village ?

— Salut, Bébert ! Qu'est-ce qu'elle bouine, la Paupiette ?

— Elle fait sa compta là-haut !

— Les femmes, c'est comme les poules, c'est bon qu'à gratter.

Manifestement, ce que je viens d'entendre ne choque que moi. Les deux autres se marrent comme des baleines.

— N'empêche, faut qu'elle se magne ! On va être en retard sinon.

— Dis-moi, ça va rester encore longtemps, l'odeur de ton truc ? Parce que c'est vraiment tenace ! questionne Albert.

— Tu en as marre de sentir le shit, peut-être ? rétorque la femme en rigolant.

La discussion prend une drôle de tournure. Le nez faussement plongé dans les mots fléchés du journal, je croise le regard d'Albert qui, d'un coup de menton, signale ma présence à son interlocutrice. Elle pivote vers moi et m'observe sans me saluer.

— C'est elle ?

— Qui veux-tu que ce soit ? Personne ne vient jamais ici, réplique le gérant du bar.

Tandis que la femme reprend son examen approfondi de ma personne, je tourne la tête vers l'extérieur de l'établissement. J'ai eu moi aussi le loisir d'étudier discrètement sa morphologie. Son visage angulaire trop maquillé, ses cheveux décolorés et sa silhouette filiforme me mettent mal à l'aise.

— Je ne l'imaginais pas comme ça, poursuit-elle.

— Pourtant elle me rappelle beaucoup Élisabeth, rétorque le patron.

Je manque de m'étrangler en les écoutant commenter mon physique comme si je n'étais pas là. Une chose est sûre : ma ressemblance avec Élisabeth fait l'unanimité. Difficile de me faire ma propre idée, puisque je n'ai pas encore trouvé une seule photo d'elle.

— Bon, c'est pas que je m'ennuie ici, mais les autres vont arriver. Tu sonnes la Paupiette pour qu'elle se magne ?

— OK, je préviens Hélène ! répond Albert avant de disparaître derrière une porte, le torchon posé sur l'avant-bras.

La femme me jette un dernier coup d'œil avant de quitter le bar. J'aurais pu partir également, mais je reste collée à mon tabouret. Je m'interroge. Le gérant de ce bistrot de campagne est-il un consommateur de shit ? Et cette femme également ? Le cannabis provoque-t-il aussi des ravages en zone rurale ? Je sens que l'âme de Miss Marple se réincarne en moi…

Je laisse mon regard errer sur le comptoir et les étagères à la recherche d'un indice. Une photo d'Albert et d'une femme blonde en surpoids attise ma curiosité. Ils posent au bord d'une piscine et, derrière eux, on aperçoit une mer turquoise et des palmiers. Ils sont souriants, tous les deux en short et chemise hawaïenne, un cocktail à la main. Sous le cliché, à même le cadre, une légende : « Albert et Hélène, Honolulu 2014. » Voyage en amoureux ?

J'interromps mon enquête et attrape un crayon sur le comptoir pour m'attaquer aux mots fléchés du journal. C'est un jeu auquel je prends beaucoup de plaisir. Très vite, je sursaute quand le gérant du bar réapparaît dans la salle, accompagné d'une magnifique femme aux cheveux rouges coupés à la garçonne. Elle me sourit, dépose un baiser sur les lèvres d'Albert et s'éclipse d'un pas léger.

— Profite bien, Hélène, lui lance-t-il, les yeux brillants de fierté.

— Oui, mon Bébert, la Paupiette va bouger son *body* à fond !

Hélène ? Paupiette ? Mon cerveau fait la connexion. La femme enrobée de la photo et cette créature sculpturale ne font qu'une. Comment est-ce possible ? C'est quoi, son secret ?

— Quarante.

— Pardon ?

— Elle a perdu quarante kilos en moins de deux ans et sans dépenser un centime dans toutes ces saloperies de régimes alimentaires. Je suis tellement fier d'elle.

Y a de quoi ! Pour moi qui ne réussis même pas à maigrir de trois kilos, je trouve que ça relève du miracle.

— Elle se demande comment elle a fait ? reprend le géant.

— Oui, j'avoue.

— C'est que Steph ne tient pas que le salon de coiffure. On a aussi le droit à des cours de fitness et de Pilates. Quelques conseils diététiques et le tour est joué.

Je hoche la tête en signe d'approbation. Albert me regarde, un sourire béat sur le visage. Il est amoureux de sa femme, c'est indéniable. Je retourne à mes mots fléchés.

— Je serais elle, je ne finirais pas ce jeu !

— Eh bien, comme vous n'êtes pas moi, je me passerai de vos conseils !

— Je dis ça, je dis rien ! Y en a que ça pourrait énerver !

Je m'apprête à lui répondre, mais m'abstiens, car je ne suis pas sûre qu'il apprécierait ma repartie.

Des odeurs alléchantes viennent me chatouiller les narines et me sortent de mon jeu.

— Ça sent super bon, n'est-ce pas ? me fait remarquer le patron de l'établissement.

— J'avoue…

— Vous n'avez pas réservé, mais si vous me le demandez gentiment, je pourrais arranger le truc ! me lance-t-il avec un clin d'œil.

— Je vais y réfléchir…

Ce type n'a pas été particulièrement aimable jusqu'à présent, comment expliquer ce revirement dans son comportement à mon égard ? A-t-il lui aussi une question à poser concernant la maison d'Élisabeth ? Ce ne serait pas le premier ni le dernier… L'avenir de cette baraque semble en préoccuper plus d'un.

Le bar se remplit. Les douze coups de midi viennent de sonner et cinq personnes sont déjà attablées. Les premières assiettes arrivent et me rappellent que mon estomac est vide depuis ce matin. Lorsque celui-ci se met à gargouiller, je songe sérieusement à commander à déjeuner. Je pourrais m'épargner tous ces regards braqués sur moi et rentrer chez Élisabeth, mais la perspective du thon froid et du maïs ne me motive pas. D'autant moins que mes papilles frémissent à l'idée de goûter ce que je devine être de la langue de bœuf.

Je ne sais pas d'où me vient cette envie irrépressible, mais je suis prête à batailler sec pour en avoir une portion. Néanmoins, un détail me chiffonne : je n'ai pas de quoi payer en liquide. Un coup d'œil sur le comptoir et ses alentours, aucun terminal en vue. C'est mauvais signe !

— Pardon, vous acceptez la carte bleue ?

Ma question exaspère le patron et les clients. J'entends quelques soupirs ici et là, mais je ne me démonte pas.

— Suis-je bête ! Pas de réseau, pas de carte bleue ! Est-ce que je peux vous signer une reconnaissance de dettes que j'honorerai dès mon…

— Retour à la civilisation ? termine Bébert.

— Un truc dans le genre. Enfin, je ne l'aurais pas formulé comme ça.

Il file vers la porte à l'arrière du bar et revient avec une assiette garnie de purée de patates et d'un généreux morceau de langue. Je la regarde avec gourmandise, et plonge instantanément un bout de pain dans la sauce. Les coudes posés sur la table, Albert scrute mes réactions.

— Vous comptez m'observer comme ça jusqu'à la fin du repas ?

— Elle trouve ça bon ?

Difficile de lui mentir, je ne perds pas une miette de mon plat. Il se redresse et sourit fièrement.

— Elle sait quel goût elle a, la langue de bœuf ?

Je hausse les épaules. Sa brusque gaieté en dit long sur la satisfaction qu'il éprouve à ce moment-là.

— Ça dépend de là où elle a traîné la veille, continue-t-il.

Dans mon esprit se forment immédiatement des images. Albert rigole en voyant ma grimace de dégoût, mais retrouve son sérieux dès que le carillon de l'entrée retentit.

— Tiens, voilà Marguerite, prononce-t-il à voix basse.

Je tourne la tête et découvre un petit bout de bonne femme, un mètre soixante à tout casser, un visage rond camouflé derrière de larges lunettes à double foyer. Vêtue d'une jupe verte, d'un chemisier jaune et d'une veste blanche, cette femme ne manque pas d'originalité. Comme tout le reste du village, d'ailleurs. Elle s'avance vers une table située près de la baie vitrée.

Le patron attrape le journal devant moi et me lâche un : « Que le spectacle commence ! », avant de rejoindre sa cliente. Il la salue, pose le quotidien sur sa table et retourne derrière le comptoir.

L'instant d'après, une demi-douzaine d'individus investissent les lieux en formation serrée et, à la franche camaraderie qui règne dans l'établissement, je comprends vite qu'il s'agit de voisins ou d'habitants du coin. En même temps, si tous les plats d'Albert sont aussi bons que celui dont je viens de me régaler, rien d'étonnant à ce qu'on vienne de loin pour déjeuner ici.

Soudain, je remarque un homme en soutane. Le prêtre du village s'installe à table avec deux personnes et m'offre son profil à scruter. En pleine discussion, il laisse entrevoir une dentition d'un blanc immaculé. C'est la première fois que je rencontre un prêtre noir et j'avoue être surprise que ce soit à Maintenant.

Mais au petit jeu de l'observation, nous sommes deux, et je ne le comprends qu'en croisant son regard dans le miroir fixé au mur face à lui. S'apercevant que je le dévisageais, il a commencé à m'étudier aussi. Il m'adresse un clin d'œil et lève son verre pour trinquer avec moi à distance. Rouge de confusion, je détourne la tête et j'aperçois Marguerite qui est en train de secouer sous le nez de ses voisins de table la page des mots fléchés que j'ai entièrement griffonnée. L'avertissement d'Albert prend tout son sens : « Je serais elle, je ne finirais pas ce jeu ! » Même si je n'entends rien de ce qui se dit, je me rends compte que le visage de Marguerite est crispé. Elle s'agite et ses mouvements traduisent une grande nervosité. La situation est tendue. Une femme assise non loin de moi interpelle la salle :

— Quelqu'un a terminé ses mots fléchés. Ce n'était pas la chose à faire. Elle va finir par se calmer.

De peur qu'elle me demande si c'est moi la responsable, je descends de mon tabouret et prends place à une table à l'autre extrémité de la baie vitrée.

Les dernières scènes auxquelles je viens d'assister valent d'être immortalisées ! Je plonge le nez dans mon précieux carnet rouge pour y noter quelques descriptions, mais je suis vite distraite par un véhicule de la poste qui s'arrête à proximité du bar. Un facteur s'en extirpe. Il fait quelques pas, dépose des enveloppes dans la fente d'une boîte aux lettres et attrape quelque chose qui a été abandonné sur le dessus de cette même boîte. D'ici, j'ai du mal à distinguer de quoi il s'agit, mais j'ai l'impression que c'est enroulé dans du papier d'aluminium. Tout ça aurait pu passer inaperçu si le type n'avait pas répété le même manège à la maison suivante, en embarquant cette fois un Tupperware.

Je regarde autour de moi : personne ne semble s'inquiéter de ce que trafique le fonctionnaire. Le bruit d'une chaise qu'on traîne sur le carrelage me fait tressauter. Le prêtre a pris place en face de moi.

— Je vous sens curieuse de comprendre ce que fait cet employé de la poste.

— Euh, oui. Ce n'est pas commun !

— Non, effectivement, mais Maintenant n'est pas un village ordinaire…

— Oui, je commence à saisir.

— Ne vous fiez pas aux apparences, mon enfant. Les gens d'ici sont beaucoup plus généreux et aimants que vous ne le pensez. Si vous voulez recevoir du courrier, vous devrez adopter les us et coutumes des locaux.

— Que voulez-vous dire ?

— Chacun offre un petit présent à ce brave facteur qui nous apporte nos lettres une à deux fois par semaine.

— Mais il est payé pour cela.

— Et cela empêche tout cadeau ?

— Non, mais ce n'est pas justifié.

— Eh bien, ici on ne réfléchit pas comme ça. Pour pouvoir récupérer son jeune fils à l'école dès que son travail est fini, cet homme ne fait pas de pause-repas, alors les habitants de Maintenant lui offrent de quoi se restaurer durant sa tournée. Eugénie a déposé un sandwich rillettes, Henriette lui a confectionné un brownie maison dont elle a le secret, et dans quelques minutes, il va venir s'asseoir sur un des tabourets d'Albert pour boire un verre d'eau.

En effet, à cet instant, l'employé de la poste entre dans l'établissement, salué par toute l'assemblée. Il me dit bonjour d'un hochement de tête. Je l'imite.

— Et vous, qu'allez-vous faire pour cet homme ? murmure le prêtre.

— Moi ? Mais je n'attends rien !

— Qu'en savez-vous ? me lance-t-il avant de retourner auprès de ses camarades de déjeuner.

Certes, personne ne va m'envoyer de courrier ici, mais rien ne m'empêche de faire un geste pour ce postier qui me semble très sympathique. Je me dirige vers le comptoir.

— Patron, je vais prendre un café et vous en préparerez un autre pour notre ami le facteur.

— OK, je mets ça sur la note.

Je l'avais presque oubliée, celle-ci. Avoir des dettes ne m'enchante guère, mais pour le moment je n'ai pas le choix.

L'employé postal me lance un « merci », je réponds un « de rien » plutôt neutre, puis j'attrape ma tasse de café pour me donner une contenance.

Un homme entre, une large sacoche en cuir à la main. Un concert de voix, à l'unisson, lancent : « Salut, doc ! »

— Salut tout le monde ! Ah ! je vois que la petite est arrivée, dit-il en avançant vers moi. Enchantée, mademoiselle, je suis Martin !

Manquant d'éclater de rire devant le comique de la chose, je lui rétorque :

— Enchantée, doc Martin ! En vous souhaitant.

— En me souhaitant quoi ?

Ma plaisanterie tombe à plat.

— Non, rien, c'est une réplique issue d'une série télé qui s'appelle *Doc Martin*, parce que…

Il m'interrompt :

— Je n'ai pas de petite lucarne chez moi. Les programmes proposés sont souvent d'une grande bêtise, la preuve !

Qu'est-ce que je peux répondre à ça ? Rien qui puisse me faire passer pour une intellectuelle. Notre échange retombe comme un soufflé sorti trop vite du four.

— Un café amélioré, doc ? demande le patron du bar.

— Non, je te remercie, mon Bébert. Je dois encore faire des visites à domicile.

Le géant se penche vers le médecin pour assurer plus d'intimité à sa conversation. Sauf que moi, qui suis de nouveau au bout du comptoir depuis mon café avec le facteur, j'entends tout !

— Doc, vous n'êtes pas là pour moi aujourd'hui ?

— Non. Je suis passé voir Simon et je dois également faire une prise de sang à Jean-Pierre.

— Ce n'est pas l'infirmière qui s'occupe de ça normalement ?

— La pauvre est partie veiller sa mère gravement malade. Ne sois pas déçu, mon Bébert, ce n'est pas elle qui aurait pris soin de tes fesses, de toute façon ! Je reçois mes nouveaux gants la semaine prochaine et je t'ausculte.

Je pouffe sans aucune discrétion. Le colosse comprend tout de suite que j'ai entendu leur échange. Son visage s'assombrit et il me fusille du regard. Lorsqu'il tourne la tête vers Marguerite, je saisis tout de suite ce qui va se jouer dans les secondes à venir.

— Moi, je sais qui a fait les mots fléchés, lance-t-il à la cantonade.

Le doigt accusateur d'Albert est pointé dans ma direction. Il a osé me balancer ! Marguerite s'élance immédiatement vers moi, mais mon argumentaire est prêt.

— Je n'étais pas au courant, madame le juge !

Clair, net et précis. J'ajouterais indiscutable, donc parfaitement pardonnable. Mais Marguerite ne l'entend pas de cette oreille. Le verre d'eau qui accompagnait mon café m'atterrit dans la figure.

Heureusement, je ne suis pas maquillée.

Je descends de mon tabouret, m'essuie le visage d'un revers de manche, sourit à cette folle furieuse et me dirige vers la sortie, l'air impassible.

13

Le prêtre m'a gentiment expliqué où trouver Bastien, et lorsque j'arrive chez lui, je le découvre dans un garage attenant à une maison à étages. Il porte un tee-shirt moulant qui met en valeur sa musculature. Très troublant. Toutefois ses premiers mots plombent l'ambiance.

— Ah, c'est toi ! Je finis mon soudage.

OK, garçon, cache ta joie de me voir !

Il s'applique à associer deux pièces de métal ensemble, et je ne peux m'empêcher de l'imaginer nu. Je rougis. Plus j'y pense et plus je me dis qu'il ne serait pas désagréable d'analyser son potentiel. Mais lorsqu'il enlève ses lunettes de soudeur, son regard trahit une certaine contrariété. Sûrement liée à ma présence. Chloé l'exploratrice, remballe ton sac à dos ! Je rebondis aussitôt pour ne pas lui montrer ma déception.

— Oui, ce n'est que moi.

— Qu'est-ce que tu veux ? me demande-t-il en abandonnant son travail.

— Des nouvelles de mon véhicule. Je ne compte pas m'établir ici.

— Je m'en doute…

— Alors ?

— Alors quoi ?

— Ma voiture, ça donne quoi ?

— Pompe à essence.

— OK, d'accord, mais à part ça ?

— La pièce n'est pas dispo chez Honda avant trois jours.

— C'est une blague ?

— Je trouve que c'est rapide pour un modèle aussi vintage que le tien.

Je ne relève pas. Des bagnoles comme la mienne, il n'en verra jamais d'autres. C'est un honneur que je lui fais de le laisser poser ses mains sur ma S2000.

Bastien retire son tee-shirt et le jette dans un panier de linge sale. Je ne rate aucun mouvement, et lorsqu'il attrape un maillot propre dans la pile de vêtements posés près du séchoir, je suis impressionnée par ses abdominaux. Je ne bave pas. Enfin, presque pas.

— Écoute, je comprends que tu sois pressée de rentrer à Paris, mais je ne peux rien faire de plus. Même en rapatriant la voiture chez Honda, on n'aura pas la pièce plus vite.

Son regard est devenu sombre. Ses lèvres sont crispées. La tête baissée, je commence à jouer du pied avec un boulon qui traîne par terre. J'ai conscience que je l'agace. Je le sens à la tension qui émane de lui et rend l'atmosphère électrique. Il soupire bruyamment et ramasse la pièce qu'il était en train de travailler. Je me demande quelle mouche le pique, lui qui était plutôt sympa avec moi.

— Quoi qu'il en soit, continue-t-il, tu fais comme tu veux. J'ai du taf par-dessus la tête, alors tu sais, un truc de plus ou de moins..., conclut-il en frottant ses cheveux d'une main.

Il s'en moque complètement, j'ai bien compris.

Il passe devant moi en évitant de me frôler, pousse une porte et pénètre dans la maison. Il ne m'a nullement conviée à le suivre et je ne vais pas rester là à l'attendre. Je m'apprête à quitter le garage lorsqu'il me demande :

— Tu veux un café ?

C'est une invitation à le rejoindre. Je ne me fais pas prier et gravis l'escalier. Sur ma gauche, un couloir et l'entrée. Sur ma droite, la salle à manger et la cuisine, en face de moi d'autres marches qui mènent à l'étage. Son intérieur n'a rien du logement du célibataire rural auquel je m'attendais. L'endroit dégage quelque chose de chaleureux. Il y a bien un grand écran, une console de jeux, mais aussi une immense bibliothèque. Je serais curieuse de savoir de quoi se nourrit l'esprit de cet homme, mais je ne veux pas manifester le moindre intérêt à son égard. C'est un peu trop tôt.

À peine ai-je fait un pas vers la cuisine qu'une chose velue, qui a jailli de nulle part, se rue sur moi. Sous le poids de l'animal, je tombe à la renverse avec la grâce d'un pachyderme.

— Oscours, laisse la dame tranquille !

Je tente de repousser le monstre, mais la bestiole déborde d'affection, en mode pot de colle. La voix de Bastien se fait plus ferme.

— Oscours, dégage tout de suite !

Le terre-neuve marron s'arrête instantanément et disparaît de mon champ de vision en un quart de seconde. Je me relève sous l'œil amusé de Bastien.

— Il est toujours trop enthousiaste avec les inconnus.

Je reste silencieuse et regarde avec une moue dubitative la deuxième tasse de café posée sur le comptoir.

— Tu n'aimes pas le café ?

— Si, mais vous n'auriez pas du décaféiné ?

— OK, j'ai compris.

— Vous avez compris quoi ?

— Que tu es ce genre de fille.

Il s'est fait de moi une idée qui n'est franchement pas positive. Un mot franchit mes lèvres sans tarder.

— Précisez.

— Une emmerdeuse !

J'en resterais presque sans voix.

— Je sais ce que je veux dans la vie, finis-je par rétorquer.

— Je n'en doute pas.

Tandis qu'il remplit la tasse, les traits de son beau visage anguleux se détendent. Je m'apaise aussi. Après tout, il ne tient qu'à moi de lui montrer qui je suis vraiment.

— Avec ou sans glucides ? me demande-t-il.

Je secoue négativement la tête. Il retire sa cuillère de sucre qu'il gardait en suspens au-dessus de ma tasse. Je trempe les lèvres dans son breuvage et découvre un arôme délicat et corsé à la fois.

— Il est très bon, ce café !

— Merci.

Il semble peu convaincu par mon compliment. Je poursuis.

— Meilleur qu'au bar !

Il lève aussitôt de grands yeux vers moi. Quoi ? J'ai encore dit une connerie ? Son regard est troublant, j'y lis comme un mélange de tristesse et d'hostilité.

— Qu'est-ce que tu comptes faire de la maison ?

La question fait mouche, je la reçois comme un uppercut au foie. Je ne m'y attendais pas du tout. Il doit faire partie des potentiels acquéreurs. J'aurais tellement aimé ne pas avoir à aborder ce sujet avec lui… Ma réponse risque de déplaire.

— La vendre à des bobos parisiens. Y a moyen de se faire un peu de fric.

— Pourquoi pas à nous ?

— Parce que dans une agence parisienne je suis certaine qu'ils pourront au moins en tirer 120 000 euros.

— T'as bel espoir. Elle vaut pas plus de 40 000. Y a un max de travaux à faire pour la mettre aux normes.

Je suis consciente d'être un peu gourmande. Il connaît le marché immobilier en Sarthe mieux que moi. Avant de faire une offre de 45 000 euros au notaire, ils se sont probablement renseignés.

— Hors de question de la vendre à ce prix-là.

— Tu ne dois pourtant pas manquer d'argent.

Touchée, coulée.

Les souvenirs de Luigi et son foutu investissement m'envahissent la tête. Elle se met à tourner. Je vacille, Bastien me retient, mais son contact est électrique et je sursaute comme si j'avais reçu une décharge.

— Ça va ? me demande-t-il, un brin d'inquiétude dans la voix.

— Très bien. Merci pour le café. On se tient au courant pour la voiture.

— 40 000, poursuit-il.

Je prends sur moi pour ne pas répondre et suis sur le point de partir lorsqu'une femme fait irruption dans la cuisine. Il y a quelque chose de familier dans son visage, comme une impression de déjà-vu.

À peu près mon âge, des yeux de biche, une silhouette de mannequin et au moins dix centimètres de plus que moi. Mon jean et mon pull sont bien ringards à côté de la robe moulante qu'elle porte. Elle est coiffée d'un chignon faussement négligé qui laisse deviner sa longue chevelure brune. Pour être honnête, l'ensemble fait trop pétasse à mon goût, mais ce n'est que mon avis.

Elle m'examine de la tête aux pieds avant de pousser un soupir. Elle ne m'aime pas. Ça tombe bien, je ne l'apprécie pas non plus. En temps normal, je n'ai pas pour habitude de porter des jugements hâtifs, mais depuis mon arrivée dans ce village, j'ausculte tout avec un œil critique. Est-ce l'agressivité générale à mon égard qui me rend aussi négative ? Je ne me reconnais pas.

La bombasse s'approche de Bastien en lui offrant un large sourire et l'embrasse longuement sur la joue. Je l'observe qui évolue vers le frigo avec grâce et je me surprends à ressentir un pincement de jalousie. C'est aussi ridicule qu'injustifié. Elle quitte la pièce aussi vite qu'elle y est entrée. Cette fille et Bastien n'ont pas échangé le moindre mot, mais l'intensité de leurs regards était lourde de sous-entendus. Je suis certaine que ma personne était au centre de cette discussion silencieuse.

— Je présume que c'est la demoiselle qui gloussait hier soir.

— Elle s'appelle Élodie.
— Ta copine a un charmant prénom.
— Ah ! oui, ma copine, réplique-t-il, hésitant.
— Vous aviez l'air de passer un bon moment.
— Effectivement ! On a bien rigolé.
— C'est le moins qu'on puisse dire.
— Désolé si on t'a dérangée.
— Je ne dormais pas encore.
— Heureux de te l'entendre dire. Ici non plus, on n'a pas l'habitude de se coucher avec les poules.

Je ne sais pas comment interpréter sa réflexion, alors j'affiche une mine revêche. Maintenant n'est certainement pas le village le plus animé de France. D'ailleurs, sans Internet et avec un réseau mobile inexistant, je serais curieuse de connaître leurs loisirs, dans ce bled. Je m'apprête à lui poser la question quand il me demande :

— T'es toujours tendue comme ça ? Pense à faire un peu de sport ! Quelques endorphines ne te feraient pas de mal, tu devrais essayer.
— Merci pour le conseil. Je vous dois combien pour le coaching ?
— Rien, c'est cadeau. Garde ton fric pour ta bagnole !
— Vous avez raison. À défaut de pouvoir rouler, je vais me dégourdir les jambes dans les champs.
— Attention au loup, me lance-t-il en ricanant.
— Oui, papa, rétorqué-je avant de me diriger vers la porte d'entrée.

J'espère bien réussir à trouver une communication électronique en prenant de la distance avec ce foutu village. L'éloignement de ma zone de confort, l'hostilité des habitants et l'absence d'interactions avec mon téléphone et les réseaux sociaux commencent sérieusement à entamer mon capital « citadine en mode *survivor* ».

Tant pis pour mon très mauvais sens de l'orientation, le Petit Chaperon rouge n'a jamais eu peur du loup.

14

Maintenant, dix minutes plus tard.

Bastien est accroupi devant la porte de chez Élisabeth lorsqu'une main frôle son dos. Il sursaute.

— Je t'ai fait peur ?

— Oh ! Bonjour, Madeleine ! Non, non, juste surpris, répond-il sur un ton gêné.

— Qu'est-ce que tu bouines ? Chloé a un souci dans la maison ?

— Euh, non. Elle n'est pas là. Je lui ai déposé une thermos de café pour éviter qu'elle débarque de nouveau chez Bébert.

— Et si ça lui faisait plaisir d'y aller ?

— Ça m'étonnerait !

— Pourquoi prends-tu ce ton hargneux en parlant d'elle ?

Bastien fait un geste méprisant de la main.

— Elle a changé !

— Le contraire eût été surprenant, tu ne crois pas ?

— Moi, je suis toujours le même.

— Tu n'as pas eu la même vie qu'elle !

— C'est vrai que moi, je suis resté un bouseux ! Elle, elle vit à Paris. C'est forcément différent.

Madeleine fronce les sourcils.

— Ce n'est pas ce que je voulais dire.

— Ça revient au même. De toute façon, elle a tout oublié d'ici.

— Pourquoi cela te blesse-t-il autant ? Vous étiez enfants et souvent on ne garde pas des souvenirs aussi lointains.

Les traits de Bastien s'assombrissent, Madeleine le regarde avec insistance.

— Bastien, j'ai l'impression qu'il y a autre chose… Elle te plaît ?

— La question n'est pas là !

— Bien sûr que si. Le problème, chez toi, c'est que ton cerveau parle plus fort que ton cœur. Tu ne crois pas qu'il est temps de passer à autre chose ?

Bastien prend un air abattu.

— Non. J'ai eu ma chance et je ne retrouverai personne d'autre comme Anna.

— Chaque pot a son couvercle, mon grand. Anna était unique, mais Chloé a aussi quelque chose de spécial, et j'ai l'impression que tu le sais depuis fort longtemps.

— Ça m'étonnerait.

Il s'éloigne de la maison sans un regard en arrière.

15

Je rentre complètement exténuée chez Élisabeth après avoir fait un tour du village et arpenté plusieurs routes environnantes. J'ai marché pendant une heure en gardant les bras en l'air pour trouver du réseau. Avec mes capacités de sportive du dimanche, j'ai vite ressenti des contractures musculaires. Pourtant, malgré la fatigue et la contrariété de ne pas pouvoir me servir de mon portable, je franchis le seuil de la porte avec un grand sourire et l'esprit léger. C'est sans doute le paysage bucolique de la campagne qui me fait cet effet.

Je ne m'étais pas accordé du temps libre depuis des mois. Ici, j'ai l'impression de vivre loin de toute contrainte. À Paris, même si je travaille à la maison, ma vie est soumise à des horaires et surtout à ceux de mon voisinage : 7 h 25, la chasse d'eau du sportif de droite retentit ; 7 h 55, les talons de la blondasse du dessus claquent sur le carrelage ; 10 heures, Mme Girard passe l'aspirateur dans les parties communes ; entre 13 heures et 14 heures, mon voisin de droite complète son activité sportive dans le cadre plus intime de sa chambre – pas sûre que la coach privée soit toujours la même ; entre 16 heures et 17 heures, les gosses envahissent la cour de l'immeuble et hurlent à s'en casser la voix ; et à partir de 18 heures, la quinqua du dessous, qui reste discrète toute la journée, lance une offensive télévisuelle en poussant le son au maximum. Pas besoin de brancher la mienne, je suis au courant de tout ce qui est diffusé sur les chaînes du bouquet TNT.

Ici, le bruit incessant de ma vie parisienne ne me manque pas. Je respire mieux. Ici, je pourrais écrire une nouvelle histoire. J'en suis sûre. Il suffirait d'une première phrase pour que les vannes s'ouvrent. Et là, j'ai le sentiment d'être prête. Enfin. Je sens mes doigts qui frétillent de plaisir à l'idée de taper de nouveau sur mon clavier. Il me faut vite mon ordinateur.

Sur la table de la cuisine, je découvre avec surprise une thermos et deux tasses. Un petit mot les accompagne : « Le deuxième mug, c'est juste au cas où tu souhaiterais inviter quelqu'un ! Bonne journée, Bastien. »

L'attention me touche, mais j'ai du mal à comprendre pourquoi il fait preuve de cette délicatesse, d'autant qu'il est en couple et qu'il ne me paraît pas être le genre de type à courir deux lièvres à la fois. Je suis pourtant bien placée pour savoir que les apparences peuvent être trompeuses.

Mon envie d'écrire a déjà fondu comme neige au soleil, mais j'ai besoin de m'occuper l'esprit pour éviter de ressasser mon dernier fiasco sentimental et financier. Vivre dans une zone blanche, loin de tout signe de civilisation urbaine, a quelques avantages, dont celui de se sentir moins oppressée par les actualités déprimantes des journaux télé, d'Internet et autres. Malheureusement, il y a, comme toujours, un revers à la médaille. La situation a aussi quelque chose de désespérant : quoi faire ? comment s'occuper ? En même temps, la maison regorge de livres et je pourrais en profiter pour en ouvrir un – d'habitude je cours après ce temps-là. Je longe la bibliothèque d'Élisabeth à la recherche d'un ouvrage qui pourrait m'intéresser, mais ses goûts sont loin des miens. Beaucoup d'auteurs classiques du XIXe siècle, ainsi qu'un grand nombre d'ouvrages de psychologie, et aussi des bouquins en anglais et en allemand. Je ne vais pas trouver mon bonheur sur ces étagères.

Je me ronge les ongles en réfléchissant à la suite à donner à cette journée, quand mon regard tombe sur un magazine abandonné sur le guéridon. Une espèce de revue *people* version troisième âge. Je l'attrape et m'installe dans le fauteuil en cuir marron. Me voilà lovée confortablement, et les paroles de mon éditrice résonnent dans ma tête : « Ne jamais négliger la moindre source d'informations pour alimenter son imagination ! » Agnès, tu vas être fière de moi !

Je m'apprête à entamer la lecture du premier article, « Les acteurs blacklistés à Hollywood », lorsque, à travers la vitre, je vois une main s'agiter dans tous les sens au-dessus de la haie qui sépare les deux jardins. J'ouvre la baie et découvre le visage poupin de mon voisin Antonin.

— Elle a fait une belle promenade ? articule-t-il d'une voix guillerette.

— Elle trouve que oui et vous remercie.

— C'est bien ! L'Internet ne lui manque pas trop ?

La question qui tue ! Pas d'humeur à supporter ses interrogations à la troisième personne, je lui lance :

— Faut que je vous laisse, j'ai un truc sur le feu !

Je fais demi-tour et me vautre dans le fauteuil pour savourer la tranquillité à laquelle j'aspire.

L'article n'a rien de passionnant. Les pages suivantes non plus. Mon horoscope n'est pas plus réussi : « Sentimental : vos idées sont embrouillées et des pressions familiales ne vont rien arranger. Travail : votre gestion du temps vous surprendra vous-même. En vous concentrant et, paradoxalement, en ralentissant, vous achèverez vos tâches bien plus vite. » En résumé, prends ton temps, tu vas y arriver plus vite que tu ne le penses ! Ben voyons ! Et je fais quoi des pressions de l'entourage ? D'autant que je n'ai plus de famille !

Je continue à tourner les pages à la recherche d'un sujet intéressant, mais rien ne vient, jusqu'à ce sudoku. Jamais tenté. J'essaie de fixer les chiffres, mais ils se mettent à danser devant mes yeux et je m'interromps avant d'avoir inscrit le premier résultat dans la grille. Je suis une femme de lettres, rien ne sert à s'obstiner avec ce jeu, d'autant que je suis épuisée.

Je lance la playlist de mon téléphone et les premières notes de « Tout le monde y pense » s'en échappent. La voix de Francis Cabrel, ses intonations douces et calmes m'invitent à la détente. Au fil de la chanson, mes paupières s'alourdissent et la mélodie se fait de plus en plus lointaine.

Je me réveille en sursaut. L'espace d'un instant, j'ai vu le visage de ma mère penché sur moi. Elle me souriait et me parlait tendrement. Il ne s'agissait que d'un rêve. Pourtant, j'aurais tant souhaité qu'il en soit autrement. Il me faut quelques secondes pour me rendre compte que la nuit est tombée.

En quittant mon fauteuil, je me colle contre la baie vitrée et lève les yeux vers le ciel parfaitement dégagé. Sans aucun nuage pour dissimuler les astres. Ce magnifique spectacle se fait rare à Paris, à mon grand regret. J'ai une pensée pour Élisabeth et ma mère, avant de me surprendre à prononcer à haute voix : « Et les étoiles à leur tour, comme torches funèbres, font les funérailles du jour ! »

Hommage d'un soir emprunté à Racine.

16

Maintenant, 20 heures.

— Elle veut vendre la maison dans une agence parisienne pour en tirer le meilleur prix.

— Mais qui va acheter ça ? Tout est à refaire dans cette baraque ! Ils ne sont pas cons à ce point, quand même !

— Je ne parierais pas sur la réponse.

— On ne peut pas la laisser faire !

— Non, c'est sûr, mais on n'a pas un budget extensible.

— Elle veut combien, d'ailleurs ?

— Trop ! Mais je lui ai soufflé que ça ne valait pas plus de 40 000 euros.

— Et elle en dit quoi ?

— Elle n'est pas d'accord pour vendre à ce prix-là !

— Pourtant ça nous arrangerait bien. On lui a quand même proposé 45 000.

— Combien nous reste-t-il ?

— Soixante-dix mille.

— Et ça ne passe pas ?

— Vingt-cinq mille pour l'aménagement de la maison, ça ne nous laisse pas de marge si elle accepte nos conditions.

— Ou sinon, je peux chercher un job à l'extérieur et…

— Dis pas de bêtises, mon grand ! On va trouver une autre solution.

— J'ai un peu d'économies, si vous avez besoin d'une rallonge.

— Moi aussi !

— C'est gentil, les amis. Ensemble, on ne peut qu'y arriver ! Tout va bien se passer !

17

Huit heures tapantes. La sonnette se met en action et apparemment mon visiteur s'est endormi sur le bouton. En pyjama et chaussons, le cheveu hirsute, je me précipite vers l'entrée. Peu importe qui est celui qui se trouve derrière la porte, je le déglingue ! Ça reste de l'ordre de la théorie, parce que, en pratique, un George Clooney ou un Bradley Cooper même en tenue d'éboueur serait accueilli comme un roi. Au lieu de ça, je trouve une Madeleine déguisée en… Madeleine.

Le sourire aux lèvres, elle me tend une grosse brioche et une thermos de café. Ça devient une habitude ! De si bonne heure, ma voisine déborde déjà d'énergie, alors que j'ai les yeux à peine ouverts et le cerveau dans les limbes. Faudra qu'elle me dise à quelles vitamines elle carbure.

— Salut, ma belle !

Je grommelle un bonjour aux accents de Schtroumpf grognon. Elle ne se formalise pas et force le passage pour entrer dans la maison en me fourrant la brioche dans les mains.

— Merci, Madeleine, c'est trop gentil. Mais que me vaut cette visite ?

— J'avais envie de papoter. Je ne te réveille pas, au moins ?

— Bien sûr que non ! J'adore traîner en pyjama et le cheveu gras.

— Tu devrais prendre davantage soin de toi, ma petite ! Ce n'est pas comme ça que tu vas trouver un amoureux ! rétorque Madeleine qui n'a pas perçu l'ironie.

— La solitude a aussi ses vertus. D'ailleurs, vous n'avez personne d'autre dont vous pourriez vous occuper tôt le matin ?

Les mots sont sortis de ma bouche plus vite que je ne l'aurais souhaité.

— Désolée, Madeleine, je ne voulais pas être désobligeante.

— Ne t'inquiète pas, tu ne peux pas savoir que, hormis une nièce et un neveu, je n'ai plus de famille.

— Ah, je suis sincèrement navrée.

— Mon neveu a perdu l'amour de sa vie dans un accident. Elle faisait du jogging et a été fauchée par un chauffard alcoolisé. Un destin tragique pour une jeune femme dans la force de l'âge.

— C'est horrible !

— Oui, je ne te le fais pas dire. Et ma nièce a dû quitter un mari violent, et celui-ci ne cesse de la harceler pour la garde de leur enfant.

Elle se cache le visage entre ses mains pour tenter de masquer ses larmes. Manquait plus que ça ! Je passe mon bras autour de ses épaules et la guide jusqu'à la cuisine.

— Je t'embête avec mes histoires.

— Non, non, ne vous inquiétez pas ! C'est moi qui suis désolée. Vous voulez un café ?

Elle opine en se laissant choir sur une chaise et sort un mouchoir pour s'essuyer délicatement les joues. Je m'empresse d'attraper une tasse dans laquelle je verse l'or noir. Je voudrais éviter que la discussion sombre dans le psychodramatique, mais Madeleine me coupe l'herbe sous le pied.

— Depuis que tu es arrivée, tu as insufflé une espèce de dynamisme dans le village.

Je pose la boisson chaude devant elle. Du dynamisme ? Nous n'avons pas la même notion de l'énergie et je n'ai pas l'impression d'avoir mis un coup de pied dans la fourmilière.

— Ça fait du bien de voir une jeune fille comme toi croquer la vie à pleines dents. Ta grand-mère respirait la même joie de vivre que toi.

Si elle savait que ce n'est que mascarade ! La notion de bonheur est tout à fait relative… Je suis aussi heureuse qu'un poisson dans son bocal.

— Qu'est-ce que tu lui ressembles ! Son visage s'éclairait comme le tien lorsqu'elle riait, poursuit-elle.

— Je ne peux pas vous contredire, ça manque de photos ici !

— Elles sont à la cave.

— Quelle cave ?

— Tu n'as pas vu la porte derrière le rideau, sous l'escalier ?

— Ah non !

— Tu vas y trouver les trésors de sa vie.

— Parlez-moi d'elle.

Le regard de Madeleine s'écarquille. Ma requête semble la surprendre.

— J'ai besoin de comprendre certaines choses, insisté-je.

La vieille femme joint les mains au-dessus de la table, baisse la tête quelques secondes et me demande :

— Qu'est-ce que tu veux savoir exactement ?

— Je n'en ai moi-même aucune idée. Elle a toujours vécu ici ?

— Oui ! Ses parents ont emménagé dans ce village après la Seconde Guerre mondiale et elle y est née.

— Vous la connaissiez depuis longtemps ?

— On est allées à l'école ensemble, mais nos routes se sont séparées à l'entrée au lycée. Ma mère m'a trouvé une place d'aide ménagère et Élisabeth a poursuivi ses études.

— Elle travaillait dans quoi ?

— Emmanuelle ne t'en a pas parlé ?

— Non, ce n'était pas vraiment notre sujet de prédilection à la maison.

Je sens l'émotion m'envahir. Évoquer Élisabeth avec Madeleine me renvoie aux mensonges de ma mère. Je ne m'explique toujours pas comment elle a pu me dissimuler l'existence de cette femme.

— Ne blâme pas ta mère, Chloé ! murmure la vieille dame en posant une main sur la mienne. Il se passe parfois des choses dans la vie des adultes qui les poussent à faire des choix difficilement compréhensibles. Même pour leur propre famille.

Les paroles de Madeleine ne trouvent pas écho en moi et je peine à maîtriser la vague de colère qui m'envahit.

— J'aurais pu la connaître, mais elle m'a caché volontairement l'existence d'Élisabeth. Nous aurions pu partager des moments précieux ensemble : elle ne me lira jamais d'histoires pour m'endormir, elle ne sera jamais la complice de mes secrets, elle ne me serrera jamais dans ses bras pour faire des câlins. Aujourd'hui, c'est trop tard !

— Je te comprends, Chloé, mais on ne peut pas changer le passé ! Il faut aller de l'avant. Je peux t'apprendre des choses sur elle, mais je ne peux pas rattraper ces instants manqués.

Je redescends en pression. Madeleine n'y est pour rien. Autant profiter de sa présence pour tenter d'en savoir un peu plus sur mon aïeule.

— Elle aimait quoi dans la vie ?

— Les petits plaisirs, comme la cuisine et la lecture.

— Oui, j'ai vu la bibliothèque…

Et pas un seul de tes livres, me souffle ma voix intérieure. Pas la peine de remuer le couteau dans la plaie…

— Elle travaillait ?

— Oui, comme traductrice d'allemand pour plusieurs maisons d'édition.

Des maisons d'édition ? Allemand ? Je songe à mes propres livres traduits dans la langue de Goethe et je prends conscience que je n'ai jamais été en lien avec les traducteurs de mes ouvrages. Je me mords la lèvre. Madeleine reprend :

— Elle s'est fait une belle réputation dans le monde littéraire quand elle habitait à Paris…

Paris ? Perdue dans mes pensées, je n'ai pas compris toute la phrase.

— Elle vivait à Paris ?

— Non, elle vivait ici. Paris, c'était il y a longtemps, quand ta mère n'était qu'une gosse.

— Elles ont vécu à Paris toutes les deux ?

— Oui, Élisabeth est partie enceinte et ta mère est née là-bas !

Je reste bouche bée, les yeux écarquillés.

De quoi parle-t-elle ? Je le saurais, si ma mère était parisienne de naissance !

— Ma mère n'est pas née à Paris.

Je le répète, comme pour me persuader moi-même.

— Mais si, Chloé !

— Non, ce n'est pas possible !

— Pourquoi réagis-tu comme ça ? s'étonne Madeleine.

Oui, pourquoi ? Après tout, je devrais être détendue ! Les nouvelles ne sont pas si mauvaises que ça… Pendant vingt-neuf ans j'ai cru que ma grand-mère était morte alors qu'elle était bien vivante. Et comme si ça ne suffisait pas, j'apprends aujourd'hui que ma mère avait entretenu encore un autre mensonge. Elle n'était pas née en Sarthe et n'y avait pas vécu toute sa vie, comme elle me le laissait croire. Non, en réalité, ma mère était une vraie Parisienne, élevée à la pollution de la capitale, et le CO_2 du périphérique coulait dans ses veines.

J'ai du mal à comprendre pourquoi j'ai eu à me construire sur tant de non-dits et de mensonges. Je suis sous le choc, abasourdie. Des larmes roulent sur mes joues, sans que je puisse les retenir. Je les essuie d'un revers de main avant de lancer à Madeleine un regard implorant.

— Vous savez quelque chose sur mon père ?

— Ton père ? Non, je suis désolée. Je n'ai pas ce genre d'informations.

Je baisse la tête, dépitée. Comment ai-je pu imaginer qu'une vieille dame habitant au fin fond de la Sarthe puisse connaître l'identité de mon géniteur ? Elle a certainement des réponses à apporter à beaucoup de mes questions, mais pas à celle-là. Alors, le regard de nouveau sec, je lui demande :

— Mon grand-père ? Vous savez quel était son nom ?

Le teint de Madeleine pâlit brusquement. Elle me fixe comme si je venais d'insulter un mort. Je perçois le léger tremblement de ses mains enroulées autour de la tasse. Elle bredouille quelques mots inaudibles avant de se lever prestement.

— Je dois y aller. J'ai laissé le four allumé et j'ai peur que mon plat brûle.

— Mais Madeleine…

— N'insiste pas, je ne sais rien !

Elle quitte la pièce sans que je tente de la retenir. Elle est au courant de quelque chose, mais elle ne dira rien de plus. Du moins pas aujourd'hui.

18

Cette conversation m'a laissée dans un état de léthargie comme je n'en avais jamais connu. Je suis vidée. J'ai l'impression d'avoir réalisé un marathon, physique et émotionnel. L'absence de Marion me serre le cœur. Ma famille se résume à elle ; elle que je connais depuis les bancs du lycée, elle dont les épaules ont essuyé mes larmes dans les périodes les plus critiques de ma vie, elle avec qui j'ai partagé mes plus grands fous rires, elle qui est pour moi la personne la plus précieuse au monde. Mais sans téléphone, c'est difficile de la contacter et les signaux de fumée ne sont pas mon fort. Je maudis ce village sans réseau.

Je me lève et j'allume le poste radio. J'ai besoin de dénicher une station nationale, besoin d'entendre des voix familières. Alléluia, je trouve la fréquence de Funtime et les intonations pétillantes de Tania, l'animatrice de l'émission « Le Speed du 8-10 », me sortent de ma torpeur mentale. Elle démarre tout juste l'horoscope. Le signe le plus pourri de la journée, un sur cinq, les Gémeaux ! Le mien. « Vous vous sentirez à fleur de peau, prêt à exploser au premier mot prononcé par votre entourage. Essayez d'écouter avant de vous enflammer ! » Ça, c'est pas gagné ! Mon corps tout entier m'appelle à allumer le feu… Mais je dois maîtriser le brasier qui s'éveille en moi, sinon l'incendie risque d'emporter un ou deux trucs avec lui.

Plongée dans mes pensées, j'entends le claquement d'une portière, sans remarquer tout de suite la camionnette jaune vif qui s'est garée devant la maison. Je m'approche de la fenêtre : le facteur est en train de déposer une lettre dans la boîte. Super ! Je trouve la clé où ? Élisabeth n'aurait pas pu faire comme ses chers voisins ? Une fente dans la porte et le courrier aurait directement atterri dans l'entrée ! Heureusement, mon esprit logique et ma fine analyse des lieux m'orientent vers la petite clé suspendue à un crochet dans la cuisine. Pour autant, je ne suis pas au bout de mes peines. La boîte verte en métal me résiste, la clé ne tourne pas complètement. Après plusieurs tentatives périlleuses, l'envie d'exploser cette maudite boîte métallique me démange. Je veux absolument récupérer la lettre qui se trouve à l'intérieur. Une pression contre mon mollet et un grognement sourd me font sursauter. Je ne sais pas ce que j'ai fait à ce clebs, mais il m'adore – sans que la réciproque soit vraie. À ma grande surprise, je me penche tout de même pour gratouiller le dos de l'animal. Lorsqu'il lève la tête vers moi, j'aperçois la balle dans sa gueule.

Oh ! misère. Pas ça !

Le chien laisse tomber son jouet à mes pieds, me regarde avec espoir, le museau dégoulinant de bave et la queue battant l'air frénétiquement.

Pitié, pourquoi tant de haine !

Je ramasse la balle, l'agite sous son nez, avant de la lancer de toutes mes forces. Oscours se précipite à l'autre bout de la rue pour récupérer son joujou, et moi, j'en profite pour revenir à ma boîte aux lettres.

— Tu penses vraiment te débarrasser de ce chien en jouant avec lui ? Quelle fine stratège !

Je me retourne. Bastien est appuyé contre le mur de la maison voisine. Je serre les dents pour ne pas réagir à la provocation et le fusille du regard. Malgré mon hostilité, le grand brun ténébreux me tend la main avec un sourire chaleureux. Je me résigne à avancer la mienne pour le saluer, mais je me prends un vent.

— Ce n'est pas ta main que je veux, sinon j'aurais mis un genou à terre ! me rétorque-t-il avec un clin d'œil.

Cet homme a quelque chose de déroutant. Il est aussi sexy qu'il est agaçant, avec ses blagues à deux balles.

— Donne-moi la clé de la boîte.

Je soupire. Il éclate de rire et ses yeux se plissent sous l'effet de l'amusement. Je reste hypnotisée devant son beau visage illuminé, mais lorsqu'il se passe ses doigts dans ses cheveux, je redescends sur terre.

Petit branleur !

— Faut avoir le coup de patte !

Ça dépend de quelle patte on parle… Le chien est revenu à l'assaut aussi vite que son maître a réussi à ouvrir la fameuse boîte.

— Voilà, princesse, la malle aux trésors est déverrouillée ! Oscours, viens ici !

Le clebs ne bouge pas d'un iota.

— Oscours, ici ! répète Bastien d'un ton plus sévère.

Je suis amusée. Le sourire de Bastien s'efface lorsque son molosse se colle contre mes jambes. Les sourcils froncés, il claque du talon. L'animal obéit et rejoint son maître, tête basse. Celui-ci l'attrape par le collier et, l'air contrarié, quitte l'endroit sans plus d'égards à mon encontre.

Je lance un « merci », auquel il ne répond même pas. Ce bref échange a attiré les curieux : Albert est posté sur le seuil de son établissement, une ou deux silhouettes se camouflent derrière les rideaux de leur fenêtre et le prêtre discute avec le facteur. Je les salue pour montrer que je les ai bien vus et m'engouffre dans la maison. Pas question de perdre une seconde de plus. J'examine l'enveloppe beige. Elle n'est pas affranchie. Mon nom est inscrit dessus en majuscules, sans adresse. Je l'ouvre et découvre une écriture fine et soignée. Un rapide coup d'œil en bas du texte et je comprends qu'il s'agit d'Élisabeth.

Ma chère Chloé,

Si tu lis cette lettre, c'est que tu as fait connaissance avec mon facteur préféré et que je suis partie rejoindre ta mère dans un endroit où, je l'espère, nous réussirons à résoudre nos problèmes. Le temps perdu ne se rattrape pas, mais, là-haut, nous parlerons de toi. Emmanuelle m'apprendra tout ce que j'ai loupé : ta première dent, tes bêtises d'ado, ton premier amour, tes angoisses avant tes examens et bien d'autres choses encore.

J'ai conscience que si on ne se connaît pas, c'est parce que je n'ai pas eu le courage de m'imposer à ta mère. Mais, s'il te plaît, ne me juge pas. J'ai été suffisamment dure avec moi-même. J'ai laissé filer les années, jusqu'à la mort d'Emmanuelle, qui m'a dévastée. Lorsque ma fille est sortie de ma vie la première fois, ça a déjà été une terrible souffrance, alors cette mort a retenti comme une bombe dans mon cœur.

Ma petite Chloé, désormais je suis partie, mais dans cette maison, tu vas trouver un peu de moi. Dans ce village, tu vas faire connaissance avec mes amis, ceux qui font partie de ma famille – ta famille en quelque sorte. Apprécie-les, ils sont formidables !

Toi aussi, tu es une belle personne. Continue à être sincère, dans tes paroles et dans tes actes. Prends soin de toi, si tu veux être en mesure de prendre soin de quelqu'un un jour. N'oublie pas d'admirer le monde qui t'entoure et trouve le beau partout autour de toi. Où que tu sois, regarde le ciel, je serai toujours là pour veiller sur toi.

Ta grand-mère qui t'aimera ad vitam æternam.

P-S : Cherche la boîte aux souvenirs, tu y trouveras les secrets de notre histoire.

Décidément, cet endroit me réserve bien plus de surprises que je ne l'imaginais. Et Élisabeth me l'écrit noir sur blanc. Une multitude de questions se bousculent dans ma tête, mais une seule m'obsède : le prêtre avait-il connaissance de cette lettre qu'Élisabeth avait rédigée quelques semaines avant sa mort ? Car ses paroles me sont revenues à l'esprit : « Si vous voulez recevoir du courrier, vous devrez adopter les us et coutumes des locaux. » Peut-être pourrait-il m'en apprendre davantage sur cette femme dont je ne sais rien…

Je grimpe la large volée de marches et pénètre dans l'église. Après quelques pas, je m'arrête devant une Nativité peinte sur bois, d'une exceptionnelle beauté. Le curé vient à ma rencontre et me serre chaleureusement la main.

— Bonjour, Chloé, je vous attendais. J'ai vu que vous aviez reçu une lettre.

Je commence, bille en tête :

— Vous étiez au courant pour la lettre ?

— En plein dedans, mon révérend !

Cet homme est surprenant, avec ses baskets et son vocabulaire plutôt rock'n'roll. Hormis la soutane, il n'a rien d'un ecclésiastique. Je le fixe dans l'espoir d'être gratifiée d'une réaction ou d'un autre commentaire, et je ne suis pas déçue :

— Croyez-vous en Dieu, Chloé ?

— Oui, mais seulement le 29 février.

— Et pourquoi donc ?

— Pourquoi une journée tous les quatre ans ? J'ai remarqué que les autres jours, ce n'était pas réciproque.

L'homme éclate de rire. Je souris à mon tour.

— Vous êtes un drôle de phénomène, Chloé. Le Seigneur serait ravi de communier avec vous. De nos jours, les gens manquent cruellement d'humour. Élisabeth est aussi…, s'interrompt-il avant de poursuivre, était aussi pleine de malice, comme vous.

— Ça a dû sauter une génération. Ma mère ne pratiquait que le sarcasme.

— Elle a perdu la foi de bonne heure.

— Vous la connaissiez ?

— Je l'ai rencontrée à plusieurs reprises, répond-il simplement. Si l'envie vous prend de faire connaissance avec le Seigneur, poursuit-il, Élisabeth gardait une bible et un crucifix dans sa table de chevet.

Comment sait-il cela ?

— Je vois que vous êtes déjà en train de vous demander comment je suis au courant.

— En plein dedans, mon révérend.

Il s'esclaffe. Son sourire éclatant est insupportable ! Je suis morte de jalousie. En rentrant à Paris, j'investis dans une palette de dentifrice au charbon, histoire de blanchir ma dentition. Tiens, retourner à Paris… c'est une envie qui n'est plus aussi pressante qu'à mon arrivée ici. Je me sentirais presque prête à prolonger mon séjour dans ce village. Même sans réseau téléphonique ! C'est une coupure que je pourrais mettre à profit pour enfin écrire les premières pages d'un futur roman à succès.

— Je ne vais pas faire durer le suspense, reprend le religieux. Votre grand-mère est restée alitée quelques mois et j'allais parfois lui tenir compagnie.

— De quoi est-elle morte ?

— D'une longue maladie.

— Vous voulez bien m'en dire un peu plus ? Et ne me répondez pas que ce n'est pas à vous de m'en apprendre davantage. J'ai l'impression d'entendre la même chose de toutes les bouches des habitants de Maintenant.

— Le mal la rongeait depuis plusieurs mois. Il a fini par l'emporter.

Je comprends qu'il ne lâchera rien de plus. Je poursuis, un peu agressive, mais surtout déçue.

— Ma mère était au courant ?

Je suis suspendue à ses lèvres.

— Élisabeth est tombée malade peu de temps après la mort de votre mère, m'apprend-il, la tête baissée.

— Cette mort a provoqué beaucoup de dégâts…

— Celle de votre grand-mère aussi. Le vide qu'elle a laissé se ressent dans tout le village.

— Je l'ai constaté, murmuré-je.

Ma grand-mère était clairement très appréciée dans sa communauté. D'ailleurs, certains n'ont pas hésité à me faire comprendre que je l'étais moins... Quoi qu'ils en pensent, moi aussi, j'éprouve de la peine. Celle de ne pas avoir eu la chance de la connaître. Navrée, je considère l'homme qui se tient devant moi. Je vois, dans sa profonde tristesse, l'amitié qui le liait à ma grand-mère.

— Chloé, d'après ce qu'Élisabeth m'a dit de vous...

— Elle parlait de moi ? le coupé-je, surprise.

— Plus que vous ne pourriez l'imaginer. Elle était si fière de vous.

— Alors pourquoi n'a-t-elle jamais fait en sorte que je la connaisse ?

— Ne la jugez pas ! Les choses ne sont pas toujours aussi simples...

— Vous vous êtes tous passé le mot ?

— Pardon ?

— Non, rien, continuez !

— Vous travaillez beaucoup et pouvez rester enfermée dans votre appartement des semaines durant. Vous vous habillez souvent en noir. Vous avez vécu un certain nombre de ruptures et souffrez d'un mal-être sentimental.

Je le regarde, les yeux écarquillés. D'où tire-t-il toutes ces informations ? Comment, au fin fond de la Sarthe, peuvent-ils savoir que je me fais toujours larguer ? Élisabeth avait-elle engagé un détective pour me pister ?

— Chloé, tout ce que je vous dis reste entre nous.

— Ben, j'espère bien !

— Chloé, faites confiance aux gens.

— Ouais, la dernière fois, ça s'est mal fini ! Mais vous êtes probablement au courant.

— Non, et je m'en moque un peu. Le plus important, c'est toi !

Changement d'ambiance, on passe au tutoiement.

— Tu devrais cultiver ton jardin intérieur et jouir des petits moments de l'existence. Prends le temps d'apprécier certaines choses dans ta vie : ralentis le rythme de ton quotidien, privilégie le faire et l'être par rapport à l'avoir, accepte les mains tendues, côtoie ton entourage et apprends à ton tour à aider.

Une larme roule sur ma joue. Comment cet homme fait-il pour savoir exactement ce qui me touche ? Je ne connais pas mes voisins. Je n'ai jamais invité qui que ce soit à l'apéro. Jamais pris peur en ne voyant pas pendant plusieurs jours d'affilée la vieille dame du premier étage. Jamais proposé d'arroser les plantes ou de surveiller les chiens qui peuplent l'immeuble alors que je ne le quitte jamais plus de trois heures.

Jamais, ce mot revient en permanence. JAMAIS. Quelle honte ! Quel genre de femme suis-je ? J'écris des histoires pour faire rêver les gens, pleines de bons sentiments, et je suis la moins serviable qui soit.

— Ici, à Maintenant, on se connaît tous. Nous sommes tous des enfants de la Création, alors nous nous préoccupons les uns des autres.

Là, mon père, vous m'achevez !

Je sens les larmes emplir mes yeux. Afin qu'il ne poursuive pas son sermon, je me lève, mais le prêtre laisse échapper une dernière phrase en me serrant la main.

— Prends soin du trésor qui est en toi !

19

Je quitte l'église avec une seule idée en tête : en apprendre davantage sur Élisabeth. Elle avait des amis dans ce village. Quelqu'un doit bien avoir des éléments de vérité en sa possession. La charmante Madeleine, peut-être ? J'aurai une discussion avec elle en temps voulu. Ma mère m'a toujours affirmé ne pas connaître l'identité de son père, mais m'a-t-elle également menti à ce sujet ? Mon grand-père est-il encore de ce monde ? Si oui, où vit-il ? Il faut que j'obtienne des réponses.

En avançant vers la maison d'Élisabeth, j'aperçois une enveloppe scotchée sur la porte. J'approche. « Mlle ÉDOUARD » y est inscrit en lettres majuscules. Ils se sont donné le mot aujourd'hui ? Lorsque je l'ouvre, je comprends qu'il ne s'agit pas d'une lettre d'amour ! La missive n'est pas signée, mais avec sa cocarde bleu-blanc-rouge, la provenance ne fait aucun doute : monsieur le maire. Le ton employé est tout sauf avenant.

Mademoiselle,

J'ai ouï dire que vous seriez prête à céder la maison de feu Élisabeth Édouard pour la somme de 120 000 euros. Ces chiffres sont sûrement monnaie courante à Paris, mais ici, nous sommes en province. Votre grand-mère vous a légué cette maison en pensant que vous en feriez bon usage, peut-être a-t-elle commis une erreur de jugement.

La demeure nécessite des travaux de remise en état et le collectif Préservons Maintenant ne dispose pas de cette somme. Aussi nous permettons-nous de proposer un prix de vente décent : 45 000 euros sera donc notre dernière offre.

Quel toupet, celui-là ! Comment ose-t-il insinuer qu'Élisabeth se serait trompée à mon sujet ? Elle m'a légué cette maison sans stipuler que je devais la garder. D'ailleurs, c'est un peu leur faute si j'envisage de la vendre. Peut-être que s'ils avaient été plus chaleureux à mon arrivée, ils auraient su me faire changer d'avis.

Menteuse, me souffle une petite voix dans ma tête. Je soupire. Elle n'a pas tort. Sans cette histoire d'héritage, jamais je n'aurais mis les pieds dans ce bled. Alors pourquoi y resterais-je ? Je suis une citadine qui trace sa route sur les trottoirs goudronnés de la plus belle ville du monde. Je n'ai aucune envie de m'enterrer ici. Des vaches et des cochons, je peux en voir au Salon de l'agriculture. Je ferais bien d'accepter leur offre, de préparer mes valises et de commander un hélicoptère pour me tirer d'ici – à défaut d'un taxi.

Mais auparavant, j'ai besoin de réponses. Et me voici devant la mairie, sans avoir vraiment réfléchi à la suite que je compte donner à cette lettre. Je ne peux juste pas rester passive après pareille attaque. En pénétrant dans la grande maison bourgeoise qui sert de bâtiment administratif, je trouve, au large poste d'accueil, une tête connue. Connue, mais pas franchement amicale.

— Bonjour, Marguerite !

Elle fronce immédiatement les sourcils et pince les lèvres. Soit elle est super mécontente de me voir, soit j'ai dit une bêtise – mais je n'ai prononcé que deux mots… À cet instant, mes yeux se posent sur le comptoir de son bureau et je saisis mon erreur. Le badge de présentation indique Yvonne Moreau, secrétaire.

Je remonte le temps jusqu'à notre première rencontre : la jupe verte, le chemisier jaune et la veste blanche. Cette tenue, comment l'oublier ! Tout s'éclaire. Blanc, vert, jaune, de quoi ressembler à *Leucanthemum vulgare*, plus communément appelée « marguerite ». Aujourd'hui, l'ordre est inversé : chemisier blanc, jupe jaune et veste verte. Les habitants du village s'amusent d'elle en lui donnant le surnom de Marguerite. Apparemment, elle ne semble pas l'apprécier. Perso, je trouve qu'elle le porte mieux que le prénom qui lui a été attribué à la naissance.

Le chignon et les grosses lunettes qu'elle arbore derrière son bureau accentuent son air psychorigide. Peu importent ces considérations physiques, je dois à tout prix me réconcilier avec elle si je veux obtenir quelques informations.

— Yvonne, je vous prie de m'excuser de cette méprise sur votre prénom. Quant à vos mots fléchés…

Elle croise les bras et me foudroie du regard. Je suis en train de m'enfoncer. Il faut vite que je rattrape le coup.

— Comment me faire pardonner tant de maladresses ?

Silence. Ses lèvres restent scellées. Dans l'espoir d'amorcer un début de conversation, je me décide à la brusquer un peu.

— Qui est mon grand-père ?

L'employée de mairie écarquille les yeux.

— Je ne suis pas habilitée à vous donner ce genre d'informations, me répond-elle froidement.

« Habilitée » ? Je rigole intérieurement. Sans m'en rendre compte, je viens de mettre les pieds dans le bureau des Renseignements généraux. Dans quelques minutes, les *Men in black* vont apparaître et me lobotomiser. Cela dit, je ne verrais pas d'inconvénient à oublier l'existence de ce village et de ses habitants – un panel de champions qui ont néanmoins le mérite d'alimenter ma galerie de portraits.

Concernant Marguerite, changement de stratégie. J'opte pour une attaque frontale. Parlons directement à Dieu, puisque ses saints sont muets comme des carpes.

— OK. Pas de souci. Est-il possible de voir M. Langevin ?

— Certainement pas, aboie le cerbère de la porte. Monsieur le maire ne reçoit pas sans rendez-vous. C'est un homme très occupé.

— Je n'en doute absolument pas.

J'imagine bien que le maire d'une commune comme Maintenant déborde de sollicitations en tout genre : inauguration du haut débit, développement de l'attractivité touristique de la cité, étude d'un projet de maison de santé, j'en passe et des meilleures.

— Et quand puis-je obtenir un rendez-vous ?

Elle attrape un agenda et commence à tourner les pages. Je suis quasi sûre qu'elles sont vierges, et je m'attends déjà à une fin de non-recevoir.

— Pas avant dix jours, m'annonce-t-elle avec aplomb.

Je feins la surprise :

— Si tard ?

— C'est un homme…

— Très pris, j'avais saisi. Excusez-moi d'insister, mais je ne serai plus là et je souhaiterais le voir avant mon départ.

— Impossible !

Marguerite, Marguerite ! On ne sera jamais copines, mais il faut pas exagérer.

Au même moment, une porte s'entrouvre derrière moi. Je me retourne et devine deux silhouettes en pleine conversation. Alors que Marguerite contourne précipitamment son bureau pour tenter de refermer l'accès, une discussion me parvient.

— S'il t'arrive de manquer d'air, ou si le matin tes jambes répondent maladroitement, tu m'appelles immédiatement.

— Oui, Martin. Ne t'inquiète pas. J'ai bien conscience que mon corps est en train de me lâcher, mais mon étoile n'est pas encore près de briller. Je n'ai pas terminé ce que j'ai à faire dans cette vie.

— Ça peut venir plus vite qu'on ne le pense. Tu as quand même soixante-quinze ans passés, Jean-Pierre.

L'homme qui se tient face au médecin est assez petit, largement dégarni avec, sur le nez, des lunettes rondes tout droit sorties d'un film de Harry Potter.

— Monsieur le maire, chantonne Marguerite en faisant également de grands gestes pour signaler ma présence.

Elle arrive en courant dans l'embrasure de la porte et glisse, manquant de plaquer au sol le doc Martin. Contre Marguerite en version quarterback, le pauvre homme tente de rétablir un semblant d'équilibre pour éviter la chute. Je me précipite au secours de notre joueuse de rugby amatrice et l'aide à se redresser.

Le médecin se tient au chambranle, effaré. Il n'est pas le seul à être surpris par la tournure que prennent les événements. Un orage glisse dans les yeux du maire lorsqu'il les pose sur moi. Je marmonne quelque chose qui ressemble à un bonjour et son visage revêt une expression neutre.

— Qu'est-ce que vous faites ici ?

— Je voulais vous voir, mais votre secrétaire m'a dit que…

— Je n'ai pas le temps de vous recevoir, je suis extrêmement…

— Débordé ! Oui, je suis au courant, mais…

— N'insistez pas ! Yvonne, merci de raccompagner Mlle Édouard.

Notre petit jeu du « je te coupe la parole » va s'arrêter là. Je viens de me faire renvoyer dans les cordes comme une catcheuse débutante.

20

Maintenant, 10 heures.

La cuisine du Welcome ressemble au QG d'une cellule de crise électorale. Calés entre le frigo et la gazinière, une demi-douzaine de villageois discutent d'un sujet qui divise la commune : l'envahisseur, comme certains l'appellent. Yvonne lance les hostilités.

— Elle a posé des questions sur l'identité de son grand-père.

— Tu lui as dit quoi ? demande Jean-Pierre.

— Rien. Que voulais-tu que je lui réponde !

— En même temps, y a rien à expliquer.

— Comment ça, rien ? Elle a le droit de savoir ! s'insurge Madeleine.

Jean-Pierre bombe le torse comme pour asseoir son autorité et croise les bras, avant de prononcer un « non » catégorique. S'engage alors entre Madeleine et le maire un dialogue musclé auquel les autres ne se mêlent pas.

— C'est ton choix, mais tout le monde ne le partage pas. Il est temps que les masques tombent. Ça nous empêche tous d'avancer.

— On avancera quand elle sera partie.

— Tu crois ça ?

— Oui, j'en suis sûr ! On allait tous bien avant qu'elle n'arrive.

— Donc on efface la mort d'Élisabeth et la venue de Chloé et on reprend comme si de rien n'était ?

— Oui ! De toute façon, elle ne souhaite pas rester.

— Vous ne lui avez laissé aucune chance de vous apprécier ! Vous êtes tous agressifs envers elle !

— On ne veut pas d'elle chez nous !

— Tu parles trop au nom de tout le monde. Moi, je veux qu'elle reste !

— La voiture sera bientôt réparée ? intervient Albert pour interrompre ce duel verbal.

— Non, pas vraiment. La pièce n'est toujours pas arrivée, répond Bastien.

— Mer…

— Mercredi. Je te rappelle qu'on surveille notre vocabulaire ici, ajoute Madeleine.

— Je te rappelle aussi que c'est une réunion de crise, alors ta surveillance du vocabulaire, tu peux t'asseoir dessus, grogne Jean-Pierre.

— Ça va durer encore longtemps, votre truc ? interroge Bernadette. J'aimerais bien récupérer Internet. J'ai une vie sociale, contrairement à d'autres !

— C'est vrai que cette histoire de brouilleur, c'est pas la meilleure idée que vous ayez eue. Je ne peux même plus me servir de mon robot de cuisine connecté, ajoute Hélène.

— Ma pauvre…

La femme lance un regard sévère à Bastien qui semble bien amusé de sa remarque, tandis que les autres continuent à traiter de la problématique du jour.

— Je sais à quoi elle est allergique et si elle n'a pas emporté ses médicaments, elle va décamper rapidement.

— Rappelle-moi comment tu as soudoyé toutes les agences de taxi pour que personne ne vienne ici ? réagit Albert.

— Pas de problème, on improvisera, si elle veut partir. Mais d'abord faut qu'elle accepte de nous vendre.

— Et si ça ne fonctionne pas ?

— J'ai un plan B, conclut Madeleine.

21

Faire un peu de ménage devrait me calmer les nerfs. Après avoir enfilé le seul short que j'ai emporté, je passe en mode « C'est du propre ». Avant tout, je dois éliminer le superflu pour dépoussiérer au maximum. Une fois l'aspirateur débusqué dans le cabanon du jardin, je dois encore trouver de quoi ranger tout ce foutoir. Je descends à la cave. Une sale odeur de renfermé m'agresse le nez quand j'arrive en bas de l'escalier. Question aération, on repassera. Tout ce que contient cet endroit est concentré dans le centre de la pièce, entassé dans des cartons ou sous des draps. Heureusement pour moi, il n'y a pas grand-chose. Élisabeth ne devait pas être une « au cas où » comme la grand-mère de Marion. Cette femme conserve tout « au cas où » sa petite-fille aurait un besoin particulier, du style ses rollers trop petits, un sapin artificiel qui n'a pas vu une guirlande depuis quinze ans, ou encore des caisses de verres à vin « au cas où » elle démarrerait une carrière d'œnologue.

Je soulève le premier bout de tissu et tombe sur une machine à écrire. Une Remington ! Qu'elle est belle ! J'attrape le bijou et le contemple sous tous les angles. Mon cœur palpite d'émotion. C'est un vrai plaisir de tenir la bécane entre mes mains. Cette merveille appartenait sans aucun doute à Élisabeth. Le charme de cette antiquité ne me laisse pas insensible. Depuis ma visite au musée de la Machine à écrire à Montmorillon, je suis tombée amoureuse de ce type d'objet.

J'enfonce les touches C et E, et le crépitement des petits marteaux de fer frappant le ruban me fait frémir. Je me rappelle le « cling » de la sonnette qui marque la fin de la ligne ou encore le « brrrr » tonitruant du retour du chariot. Je m'imagine, des heures durant, savourer ce son délicat en tapant un nouveau roman. Et si cette machine m'offrait le salut littéraire que j'attends depuis des semaines ? Et si mon futur bébé prenait vie sur ces touches d'une autre époque ? Abandonner le confort d'une écriture modulable sur un clavier d'ordinateur pour soupeser le moindre mot et immortaliser mon texte en le gravant sur le papier. Je n'ai rien à perdre. L'idée est romanesque, l'aventure me tente.

Je dépose délicatement mon trésor sur les marches de l'escalier.

— Ne bouge pas d'ici, je reviens, ma belle !

Voilà que je parle à un objet. De mieux en mieux…

Je reprends mes fouilles. Dans une caisse de bois sont entreposés des dizaines de vieux magazines télé. Qui garde ce genre de choses ? Élisabeth, comme la grand-mère de Marion ! À coup sûr, c'est un truc de personnes âgées ! Je trouve également des cartons emplis de jouets et de vêtements, ainsi qu'une demi-douzaine de pots de peinture. Élisabeth avait-elle prévu de donner une seconde jeunesse à ses murs multicolores ? Dans la foulée, j'examine les étiquettes : beige, taupe et chocolat. De belles couleurs qui se marient bien ensemble. J'essaie d'imaginer une combinaison harmonieuse pour créer une nouvelle atmosphère dans cette baraque.

Mon pote agent immobilier à Paris serait fier de mes réflexions en matière d'aménagement. Je ne vais pas obtenir un rendu *home staging* dont il a le secret, mais je vais faire au mieux pour que cette bicoque soit vendable le plus vite possible.

Je soulève un autre drap qui recouvre un carton plus large que ses copains. Des pochettes et des albums photos y sont entreposés. Il y a des centaines de clichés d'époques différentes. J'en étudie quelques-uns parmi les plus récents et ne reconnais aucune tête dessus. Jusqu'à tomber sur la photo d'une femme aux cheveux blancs, dont les traits me sont familiers.

— Élisabeth, enfin je mets un visage sur ton prénom…

Prise d'une certaine frénésie, j'ouvre des dizaines de pochettes et finis par trouver un portrait d'elle à vingt ans, où elle exhibe fièrement une feuille de papier format A4 devant elle. Peut-être son diplôme du bac ? Le bonheur irradie de son visage et je me rends compte que les villageois ne se trompent pas lorsqu'ils disent que je lui ressemble. Même sourire, même regard. Un certain trouble m'envahit : la génétique m'a offert un physique proche de celui de cette femme, son sang coule dans mes veines, et pourtant je ne sais rien d'elle. Mais je vais bien trouver quelque chose dans cette maison…

Je continue à fouiller dans les affaires, l'espoir chevillé au corps. Plongée dans mes réflexions, je sursaute lorsqu'un chat surgit devant moi. Surprise, je reste figée quelques secondes avant de me précipiter vers ma veste qui est accrochée dans l'entrée. Je n'ai pas le temps d'attraper ma Ventoline au fond de ma poche que l'animal est déjà en train de se frotter contre mes jambes. Le concert d'éternuements en *si* bémol va commencer ! Foutue allergie !

J'ai passé la matinée à nettoyer sol, poussières et toiles d'araignée sans cesser d'éternuer. À présent que la maison sent bon le propre, je m'accorde une pause en compagnie du chat. Au diable l'allergie, ça fait bien longtemps que je n'ai pas caressé un pelage aussi doux. Je suis ravie de cette nouvelle compagnie, d'autant que mes « atchoum » ne semblent pas l'effrayer.

— D'où viens-tu ? lui demandé-je en le regardant fixement comme s'il allait me répondre.

Madeleine choisit ce moment pour franchir le seuil de la maison sans frapper. Le chat, soucieux de garder secrète notre idylle toute fraîche, se faufile en un éclair dans une autre pièce.

— Salut, Chloé !

— Oh ! quelle surprise, je ne pensais pas vous revoir aussi vite.

— Je suis venue m'excuser.

— Y a pas de mal. C'est moi qui dois vous demander pardon. Je vous ai gênée avec mes questions.

— Tu attends des réponses et je ne suis pas légitime pour t'en donner…

— Je comprends.

— Tu m'offres un café ? demande-t-elle en s'asseyant dans le canapé. Qu'est-ce que tu fais ?

— Je transforme cette maison en quelque chose qui n'agresse pas les yeux lorsqu'on entre, parce que ce n'est pas dans ces conditions qu'elle va se vendre.

Une ombre de tristesse passe sur le visage de Madeleine. Cela me chagrine d'être la cause de sa peine. Je tourne la tête pour dissimuler mon regard humide.

— Tu sais qu'on a fait une proposition pour l'acheter en l'état ?

— Oui, je suis au courant.

— Alors ?

— Désolée, je n'ai pas envie de vous la vendre.

— Tu peux m'expliquer pourquoi ?

— J'ai l'impression d'être antipathique à la quasi-totalité des habitants de ce village, alors pourquoi je vous ferais ce plaisir ?

— Les gens d'ici t'apprécient beaucoup plus que tu ne le penses.

— Vous m'en direz tant ! Ils cachent bien leur jeu, dans ce cas !

— Fais preuve de bonne volonté, au lieu de crier haut et fort que tu veux vite quitter notre pays de bouseux. Prends le temps de les connaître et tu verras que les choses vont changer.

— De toute façon, je ne peux pas partir sans ma voiture.

— C'est pas faux !

— Au fait, vous êtes venue pour vous excuser ou il y avait autre chose ?

— Je souhaiterais t'inviter à une petite soirée.

Ces quelques mots me font très plaisir. Je rêve déjà de savourer un bon repas comme Madeleine doit savoir les préparer, mais aussi de renouer avec une vie sociale.

— Avec plaisir. Je peux apporter quelque chose ?

— Oui : un livre que tu aimes bien.

— Un livre ?

— Oui, c'est la réunion mensuelle de notre club de lecture « Les Grandes Pipelettes » à la bibliothèque. Ce serait un honneur de te compter parmi nous.

L'intonation de Madeleine n'appelle pas de réponse. Je me verrais bien voler un tracteur pour retourner à la civilisation, mais je n'ai d'autre choix que de l'assurer de ma présence à leur réunion. Qu'est-ce que j'ai fait au bon Dieu pour mériter ça ?

— Merci, Chloé, je suis ravie que tu acceptes. Tu vois où se trouve l'espace livres ?

Hochement de tête négatif. Si j'avais su qu'il y avait une bibliothèque dans ce village, je me serais déjà fournie en livres.

— Tu passes le porche à droite de la mairie et c'est derrière. Tu peux nous rejoindre vers 20 heures. Ne viens pas l'estomac plein, on organise un concours de desserts.

Enfin une bonne nouvelle !

Madeleine s'en va et je reprends mon ménage. Je m'arrête un instant pour examiner les pierres de la cheminée. Il est impératif que je la rafraîchisse. Quelques pots de peinture et le tour sera joué.

J'y songe encore quand j'aperçois une bestiole à quelques centimètres de moi. Un rat ! Un gros rat ! Sans réfléchir plus longtemps, je me saisis de la pelle à cendres et suis en train de frapper un grand coup, lorsque Madeleine réapparaît.

— Au fait, Chloé, je voulais savoir si tu avais trouvé la c…

Lorsque le bout métallique atteint son objectif, le hurlement de la vieille dame envahit la pièce.

— Nonnnnn !!!

Elle me fixe, immobile, les mains devant la bouche.

— Heulâ, qu'est-ce que tu as fait ? reprend-elle.

— C'était un rat, je ne pouvais pas le laisser se promener dans la maison.

Madeleine s'approche de la scène de crime et se penche sur le petit cadavre.

— Tu n'y es pas allée de main morte ! Il n'est pas beau à voir…

— En même temps, ça change quoi ?

— Ça change qu'on a un grand problème ! C'est Jerry !

— Jerry ?

— Oui, le rat d'Antonin.

— Pardon ?

— Tu as tué l'animal de compagnie de ton gentil voisin.

— Ah merde !

— Bon, faut qu'on fasse passer ça pour un accident !

— Un accident ? Je viens de l'écrabouiller avec une pelle. Ça va être dur de simuler un accident.

— Non, non, t'inquiète ! On va le mettre sur la route et Antonin pensera qu'il a été écrasé.

— Par une voiture ?

— Ben oui, pas par un vélo !

Je la regarde, incrédule.

— Mais Madeleine, je vous rappelle qu'il passe un véhicule tous les trente-six du mois ici.

Mon voisin n'est franchement pas un Prix Nobel, mais il n'est pas assez débile pour croire à une histoire aussi invraisemblable. Et pourtant… Dix minutes plus tard, les bras m'en tombent quand Antonin se met à sangloter en déplorant l'imprudence de ce chauffard assassin d'animaux. J'hésite entre me marrer et le plaindre.

Le pauvre a les yeux noyés de larmes et la babine inférieure tremblotante.

— Je savais que c'était lui, je l'ai senti !

Si l'instant n'avait pas été aussi tragique, j'aurais éclaté de rire. Les ondes télépathiques entre un humain et un rat, une grande première pour moi !

— Vous allez assister à l'enterrement ? Hein, Madeleine ? Vous n'allez pas me laisser tout seul ?

Enterrement ? Comme en vrai ? Avec le cercueil et toute la cérémonie ?

— Bien sûr que oui, mon gros bêta ! répond ma charmante voisine avec, dans la voix, la chaleur réconfortante que je lui connais.

Nnnnnnnoon ! Un cri de désespoir résonne dans mon crâne sans toutefois franchir le seuil de mes lèvres. Bien sûr que oui, je comprends qu'il soit malheureux ! Bien sûr que non, on ne va pas le laisser tout seul ! Mais on ne peut pas célébrer des obsèques pour un rat. C'est inconcevable. Du moins, pas de là où je viens ! Ces animaux sont un véritable fléau à Paris, on les extermine en masse…

— Rendez-vous dans vingt minutes, reprend Antonin. Le temps que je creuse un trou. La procession partira de chez toi, poursuit-il en fixant Madeleine.

Stop ! Stop ! On arrête les conneries, là ! Tout de suite !

— Euh, c'est que…, commencé-je à intervenir, avant d'être interrompue par une Madeleine au regard sévère.

— Nous t'attendrons, précise-t-elle.

Les yeux de la vieille dame ont parlé : *Tout est ta faute !* Pas question de me défiler.

— Tu veux qu'on s'habille en noir ? demandé-je pour montrer à la sexagénaire que je prends l'événement au sérieux.

Antonin m'adresse un sourire timide, révélateur de la tristesse qui l'accable. J'ai du mal à comprendre qu'on puisse considérer ce type de bestiole comme un animal de compagnie, mais l'homme est profondément affecté. Tout est effectivement ma faute, et il ne le sait pas.

Pendant la cérémonie, heureusement assez courte, mon portable trouve le moyen de se réveiller bruyamment sur l'air de « Happy ». Jamais je n'aurais pensé qu'un jour je serais gênée d'entendre cette merveilleuse et entraînante chanson de Pharrell Williams. Je tente d'attraper mon appareil en mode jongleuse amatrice et j'atteins la touche arrêt tel un manchot à qui on aurait enfilé des moufles. L'espace d'un instant, je me réjouis que mon téléphone capte enfin du réseau à trois mètres de ma bicoque, mais ce n'est absolument pas le cas. Il m'avertit juste que j'ai rendez-vous chez l'ophtalmo dans deux heures. Quatre mois pour obtenir cette consultation ! Et je l'ai tout simplement oubliée.

Je quitte le cimetière improvisé en bredouillant une panoplie d'excuses, totalement effacées par les remerciements d'Antonin, très touché de ma venue. S'il savait, le pauvre…

22

À peine suis-je de retour dans la maison d'Élisabeth que le chat vient à ma rencontre et commence à se frotter contre mes jambes.

— T'étais où quand j'avais besoin de toi ? Hein, le matou ? T'aurais pu courser Jerry et m'éviter de l'écrabouiller. Tu imagines la scène ? Toi et le rat, comme dans le dessin animé. Hein, mon gros Tom ! Ce nom te va bien, c'est mieux que « le chat » !

Pour toute réponse, j'ai droit à des ronronnements très sonores. Je me baisse et caresse le dos de la bestiole. L'animal lève la tête vers moi et miaule.

— Ça a l'air de te plaire, c'est un bon début !

Une rafale d'éternuements me coupe la parole. Foutue allergie ! Comment l'oublier ? Ou plutôt, comment ne pas penser au chat de mon enfance ? Flocon est entré dans ma vie le jour de mes dix ans. Je l'ai trouvé sur le paillasson de notre logement en région parisienne, endormi dans un panier, un petit nœud autour du cou. Ma mère a toujours nié être à l'origine de ce cadeau, mais je ne l'ai jamais crue. La semaine suivante, le vétérinaire nous apprenait, grâce à sa puce, qu'il s'agissait d'un tonkinois, un félin de race, âgé de quatre mois, répondant au nom d'Olympe – mais pour moi, c'était Flocon. Lors de cette consultation, le professionnel avait aussi découvert autre chose : non, mes yeux rouges et mes éternuements n'étaient pas dus à un début de rhume, j'étais tout simplement allergique aux poils de chat. Se débarrasser de l'animal ? Hors de question ! Et heureusement. Flocon est associé aux plus belles années de ma jeunesse.

La bestiole continue de miauler et se colle à moi, manquant de me faire tomber à plusieurs reprises quand je me dirige vers la cuisine.

— Bon, Tom, faut qu'on cause tous les deux ! T'as faim ou quoi, mon pépère ?

Les miaous redoublent d'intensité et montent dans les aigus.

— Ne bouge pas, je vais voir ce que je peux faire pour toi. Mais avant, regarde-moi deux secondes, dis-je en brandissant mon téléphone. Clic clac, t'es dans la boîte !

Lorsque je pousse la porte de l'épicerie, la sonnette retentit et Bernadette me jette un coup d'œil peu avenant. Elle disait quoi déjà, Madeleine ? « Les villageois t'apprécient plus que tu ne le penses. » Laisse-moi rire. Je prends sur moi pour rester agréable entre deux éternuements. Je sors mon portable et lui glisse la photo sous le nez.

— Bonjour, vous avez déjà vu ce chat ?

— Non, me répond-elle sans même regarder le cliché.

Pour le style interrogatoire efficace d'un suspect, on repassera.

— Vous vendez des croquettes ?

— Vous avez un animal maintenant ?

— Oui, je viens d'hériter aussi de ce côté-là.

— Ça n'a pas l'air de vous réussir, se moque-t-elle alors que j'éternue pour la troisième fois.

— Merci de vous en soucier. Je voudrais du thon, s'il vous plaît.

— Je vous le déconseille.

— Pardon ?

— Pour le chat, je vous déconseille le thon. On ne sait jamais, s'il était allergique.

— Ah ! Alors je lui donne quoi à manger ?

— Bah, des croquettes !

— Bah oui, suis-je idiote.

— Je vous mets un paquet d'un kilo ? demande-t-elle en posant un sac sur le comptoir.

— Ça fait peut-être un peu beaucoup ?

— Faut la nourrir, cette pauvre bestiole. Vous ne voudriez pas qu'il meure de faim ?

— Y a des chances qu'il ne soit plus là demain.

— Ça m'étonnerait fort.

— Une théorie sur le sujet ?

— Non, non, pas vraiment, me réplique-t-elle sans me regarder. Bon, vous les prenez ou pas, ces croquettes ?

— Oui, pas la peine de vous énerver comme ça !

Je fais un heureux avec mon paquet de croquettes sans céréales et sans conservateurs ni colorants à 2,50 euros les cent grammes ! Manque plus que la litière biodégradable au tofu pour parfaire la panoplie de la parfaite maîtresse de félin. De quoi réfléchir à deux fois avant d'adopter un animal !

23

Je traverse la place pour rejoindre la mairie et, en passant le portail, je me rends compte que l'ensemble des bâtiments devait constituer l'ancienne école du village. La bibliothèque est située dans l'arrière-cour. Les volets sont fermés, mais pas d'erreur possible : un panneau de bois cloué au-dessus de la porte indique bien « BIBLIOTHÈQUE ».

Lorsque je franchis le seuil, je découvre une pièce unique, assez vaste pour accueillir les rayonnages et les fauteuils. L'éclairage est généreux et la luminosité très douce. Je fais quelques pas vers le groupe qui s'affaire à tout mettre en place pour la réunion. En m'apercevant, Madeleine me lance :

— Suis à toi tout de suite !

Les autres me saluent de la main. Mal à l'aise, je réponds d'un signe de tête.

En attendant qu'on s'occupe de moi, je joue les curieuses. Sur chaque pan de mur, des étagères entières sont couvertes d'ouvrages classés par genres : des publications historiques et régionalistes, des romances, des polars, beaucoup de polars. À ma grande surprise, il y a également des livres jeunesse. Je tente de repérer mes bouquins dans les rayonnages, sans succès. Peut-être sont-ils tous partis en prêt ? Je continue d'observer. Un bureau dans un coin, un ordinateur, une pile de romans (toujours pas les miens) et, épinglés au mur, une série de dessins d'enfants qui présentent tous des éléments communs : la nuit, la lune et les étoiles. Je m'approche et remarque la signature de l'artiste, un certain Simon. Simon : c'est la deuxième fois que ce prénom résonne à mes oreilles, mais je n'ai pas encore vu le moindre gamin. En regardant les croquis de plus près, je soupçonne Simon de ne pas avoir plus de sept ou huit ans. Un enfant dans ce village ? Curieux. Il va falloir que je mène mon enquête, parce que je n'en ai repéré aucun. Pour le moment, on m'invite à prendre place dans le cercle de chaises disposées au centre de la salle. Sont ainsi rassemblés Madeleine, Lucienne et Lucien (un couple d'inséparables), Marie la veuve de Jean (c'est ainsi qu'elle se présente), Henriette et Hélène, *alias* la Paupiette – et moi.

Assez vite, la réunion démarre. Madeleine me rappelle les principes : les « Grandes Pipelettes » existent depuis cinq ans, les livres empruntés sont à lire pour être commentés lors de rencontres hebdomadaires et, toutes les trois semaines, on se retrouve avec concours de gâteaux. Enfin, tous les trimestres, on met en place une animation :

— La plupart du temps, on fait des panneaux avec romans-photos reprenant le résumé, les personnages principaux et certains passages du bouquin, m'explique Henriette.

Marraine de plusieurs événements littéraires, je défends et j'encourage activement toute mise en avant de la culture.

— Jamais nous n'aurions espéré recevoir un écrivain parmi nous, poursuit Madeleine.

Et ce trimestre, c'est moi l'animation. Une auteure de best-sellers dans un club de lecture rural, ça ne se présente pas tous les quatre matins. Mon ego se réveille telle la Belle au bois dormant. Un moment en compagnie de mes lectrices, ça sonne comme le retour à la vie sociale. Dans mes périodes d'écriture, je suis un vrai ours. Enfermée dans ma tour de verre, concentrée sur mon histoire, je me replie du monde et ne garde de contacts qu'avec Marion.

Madeleine a fini son introduction, ça va sans doute être à mon tour de prendre la parole. Je suis sûre qu'ils me connaissent toutes, pourtant je m'impose de préparer un petit discours de présentation. Les mots s'enchaînent dans ma tête. Je souris intérieurement. Tout est bien rodé ! J'espère juste qu'ils ne vont pas m'interroger sur mon prochain livre, parce que je n'ai aucun élément à leur dévoiler. J'attends qu'on m'invite à me présenter, mais le moment ne vient pas. En revanche, les remarques vont bon train sur le roman de Carine Porte, *Une princesse en pantoufle* ou encore sur *Le Baiser du crapaud* de Laura Ravel. Et Cynthia Desrues par-ci, et Josie Ferguson par-là... Ils me font la totale, lecture de passages de leurs moments préférés, fiches d'impressions avec commentaires sur le fond, la forme, les personnages, ce qu'ils auraient espéré en plus. Et Chloé Édouard, on en parle ou je compte pour du beurre ? Il semblerait... Ils continuent de défendre d'autres auteurs pendant l'heure suivante. Quand arrive le mot de la fin, je lâche, sans aucune discrétion, un soupir de soulagement.

— Ça va, Chloé ? Tu as l'air toute tristounette ? me demande Madeleine.

— Non, ça va, dis-je sans enthousiasme particulier.

— L'après-midi a été forte en émotions, ajoute-t-elle, un sourire au coin des lèvres. Je comprends que tu sois fatiguée. Ne t'inquiète pas pour Antonin, il va s'en remettre.

À vrai dire, je ne me sens pas perturbée par la mort de ce rat. Ce n'est pas comme si j'avais tué le chat qui squatte la maison ou le chien de Bastien qui envahit mon espace vital quand je le croise. Je profite qu'elle se préoccupe de moi pour lui poser une question.

— Madeleine ?

— Oui ?

— Vous recevez des enfants, ici ? Parce que j'ai remarqué que vous aviez quelques livres jeunesse.

— Ah oui ? Oui ! C'est pour Henriette, rétorque-t-elle après une seconde d'hésitation. Quand elle va voir son petit-fils. Hein, Henriette ?

— Oui, bredouille la retraitée.

— Les dessins, c'est lui aussi ?

— Euh… oui…, répondent-ils en chœur.

— Et comment s'appelle l'artiste en herbe ?

— Théo, répond fièrement Henriette.

— Mais non, c'est Simon qui les a faits ! reprend Madeleine.

La vieille femme tente discrètement de faire les gros yeux à sa complice, mais ça ne m'échappe pas.

— Ah oui, c'est vrai. J'ai deux petits-fils et je me trompe tout le temps, se justifie Henriette.

Des mythos, ces deux-là ! Parce qu'elles pensent réellement que je vais gober leur histoire à deux balles ? Henriette est en train de se liquéfier de confusion devant moi, mais Madeleine ne se démonte pas et enfonce le clou.

— Aura-t-on la chance de voir le petit Simon aux prochaines vacances ?

— Euh, non, oui, je ne sais pas encore…, bégaie Henriette.

Lucienne se joint à nous, un livre serré contre la poitrine. Ses mains tremblotent. Elle arbore un sourire béat. Je perçois chez elle l'émotion que ressent tout lecteur qui va rencontrer son auteur préféré. Ça sent la demande d'autographe. Enfin ! Je dégaine le stylo caché dans la poche arrière de mon jean, prête à faire honneur à ce livre, mais la sexagénaire interroge Madeleine et Henriette du regard.

— On devrait commencer le concours, lance-t-elle. Je commence à avoir faim !

Vulgaire crise d'hypoglycémie ! Ma mâchoire manque de se décrocher.

— Oui, tu as raison, approuvent en chœur les deux femmes en se dirigeant vers la table des gâteaux.

Je suis le mouvement. Six desserts nous attendent : puits d'amour, rose des sables, gâteau magique, cake au beurre de Marrakech, Sachertorte et pain de courgettes. Tant pis pour mon intolérance au lactose ! On verra bien le résultat demain… Ils sont tous très appétissants.

— Y a quoi comme ingrédients dans ces pâtisseries ? demandé-je, subitement suspicieuse.

— Aucun auquel tu sois allergique ! répond Madeleine, un large sourire aux lèvres.

Comment peut-elle savoir à quoi je le suis ? Un courant d'air frais me tire de mes pensées. Quelqu'un est entré dans la pièce.

— Alors, on ne m'attend pas pour s'empiffrer ? lance une voix masculine aux intonations enjouées.

Monsieur le maire ! L'homme, qui a fait une arrivée très remarquée, est de bonne humeur. Peut-être pas pour longtemps. Tous les regards se braquent sur lui avant de revenir sur moi. Il s'arrête dans son élan en m'apercevant.

— On ne pensait pas que tu allais venir ce soir, se justifie Madeleine.

— Effectivement, je vois qu'il y a déjà une autre invitée !

— Oui, j'étais sûre que ça ne poserait pas de problème.

L'homme grommelle quelque chose d'incompréhensible, mais personne ne relève. Je décide de l'ignorer également lorsque Marie me tend une assiette à dessert.

Le bal des dégustations s'ouvre sur des soupirs de satisfaction. Carton plein ! Chaque bouchée est source de plaisir. Les délibérations pour élire la meilleure gourmandise de la soirée s'annoncent compliquées. Qu'importe le résultat, il faudra que je récupère toutes ces recettes pour les donner à Marion, qui adore cuisiner.

Quinze minutes plus tard, Madeleine dévoile le nom de la gagnante.

— À l'unanimité, les huit votes reviennent à Marie pour son gâteau magique.

— Félicitations, s'exclame le groupe d'une seule voix.

— Merci à vous tous ! Je suis trop heureuse que mon ingrédient secret ait fait des miracles.

Son ingrédient secret ? Encore une qui ne va pas lâcher sa recette.

— Un composant que je ne dévoilerai jamais !

Ben tiens, bingo ! Je fulmine intérieurement. J'aurais été trop fière de rapporter cette recette à Marion. J'imagine cambrioler le domicile de Marie à la recherche de son livre de cuisine. Tandis que je secoue la tête pour chasser cette idée saugrenue de mon esprit, je ne remarque pas que le maire a déjà tourné les talons en direction de la sortie.

— Bravo, Marie ! Bonne soirée, tout le monde ! À demain.

— Bonne nuit, Jean-Pierre, répondent ses administrées.

J'ai mangé et je me barre… Bon vent, oui !

24

Déjà deux heures que je suis allongée sur le lit, absorbée par le roman que j'ai emprunté au club. Cette histoire relatant la jeunesse de deux fillettes durant la Seconde Guerre mondiale est passionnante. Je suis surprise d'avoir été emportée par un livre qui ne ressemble à aucun autre de ma pile à lire. Lorsque la sonnette retentit à plusieurs reprises, je tressaute. Un pantalon enfilé en catastrophe et je dévale l'escalier à toute vitesse. Il est presque minuit, ce n'est pas normal qu'on vienne sonner à la porte à une heure si tardive. J'espère qu'il n'est rien arrivé à Madeleine.

L'acharné qui insiste lourdement n'est autre que le maire. Il se tient courbé et la pâleur de son visage ne me dit rien qui vaille. Il me dévisage d'un air agressif.

— C'est ta faute si elle est partie ! m'attaque-t-il. Tout le monde te prend pour une sainte, une victime, en réalité tu es le diable !

— Monsieur Langevin, que se passe-t-il ? Je ne comprends rien à ce que vous racontez !

— Tu as gâché nos vies, même celle de Stéphane !

L'homme s'agite dans tous les sens en déversant sur moi son flot de haine. Je tente de fermer la porte, mais il bloque le battant. La situation m'échappe et la peur qu'il ne devienne violent me submerge.

— Calme-toi, JP, intervient une voix qui semble être celle de mon voisin. La petite n'y est pour rien. Faut rentrer chez toi maintenant !

Je soupire de soulagement. Quelques secondes de plus auraient mis fin à toute résistance de ma part. Je tremble et me sens fébrile. Je vacille sur mes jambes et me retiens au battant. De son côté, Jean-Pierre Langevin a abandonné la partie et sa voix haineuse s'est muée en un murmure empli de sanglots.

— Chloé n'est pas responsable de tout ce gâchis, reprend Antonin en s'éloignant avec le maire.

Ce qui vient de se dérouler devant moi est incompréhensible. Toutefois, j'ai le sentiment que les propos incohérents de Jean-Pierre trouvent leurs fondements dans mon histoire familiale. Mais à qui pensait-il s'adresser ? Ma mère ? Ça n'a pas de sens ! D'ailleurs, qui est ce Stéphane ? Toutes ces questions sans réponse me donnent le tournis.

Je me précipite dans la cuisine et ouvre les placards, déniche une bouteille sans étiquette que je débouche prestement pour me servir une rasade d'alcool. Certainement un tord-boyaux, mais je m'en moque. J'ai besoin de décompresser. La première gorgée m'arrache une grimace. Même rictus pour les suivantes. Mais les deuxième et troisième verres que je siffle passent beaucoup mieux. Je me laisse glisser par terre, contre un mur, en chouinant.

Ces trois verres de je ne sais quoi vont à coup sûr me rendre malade dans les prochaines heures.

Je monte me coucher avec un coup dans le nez, tout en tentant de réfléchir à ce qui s'est produit sur le pas de ma porte. L'animosité de Jean-Pierre Langevin m'a paru tellement excessive. Il donnait l'impression d'avoir lui-même trop bu ou d'être drogué. De quoi parlait-il ? Et surtout, de qui ?

Je me redresse dans le lit. Les volets ne sont pas fermés et il fait encore nuit. La raison de mon brusque réveil se rappelle à moi. J'ai ressenti un contact froid, voire glacial, alors que la fenêtre n'est pas ouverte. Il ne peut s'agir d'un courant d'air. Je perçois un léger bruit. Quelqu'un est-il entré dans la maison ? L'idée me terrorise. Je ne suis pas vaillante pour un sou, mais je dois vérifier. Je pose un premier pied par terre lorsqu'une voix d'enfant m'apostrophe.

— T'es qui ?

Dans un faisceau de lampe torche surgit un visage blafard aux yeux cernés. Je pousse un faible cri, tandis que mon rythme cardiaque s'emballe. Mon cerveau reprend aussitôt le contrôle de la situation : il ne s'agit que d'un petit garçon. À première vue, je ne crains rien. Je l'observe un instant. Sa bouille enfantine encadrée de magnifiques boucles blondes me paraît bien crispée. *D'où tu viens, mon bonhomme ?*

— Et toi, t'es qui ? C'est toi, Simon ? lancé-je.

Pas de réponse.

— T'es qui ? répète-t-il en dirigeant la lumière vers mon visage.

— Mais baisse ça, inconscient ! Tu veux que je perde la vue ?

— T'es qui ? m'interroge-t-il de nouveau.

J'allume la lampe de chevet en soupirant. Mes yeux dérivent sur le réveil : 2 h 34. Si j'avais su que je devrais jouer au pédopsy à cette heure, je ne me serais pas enfilé de quoi me coller deux grammes dans chaque bras.

— C'est plutôt moi qui devrais te poser la question ! Qu'est-ce que tu fais chez moi ?

— Ici, c'est pas chez toi, c'est chez tata Élisabeth ! Elle est où ?

Cet enfant n'est pas au courant de la mort d'Élisabeth et je ne voudrais pas être celle qui la lui annonce. Il doit avoir des parents, ce gosse ! Ils sont où d'ailleurs, ceux-là ? Que fabrique-t-il dehors en pleine nuit ?

— Partie en voyage. Entre-temps, je garde sa maison.

Je me mords la lèvre en prononçant ces derniers mots. Le môme me regarde avec des yeux écarquillés.

— Tes parents ne t'ont pas laissé sortir tout seul, quand même ? Tu ne devrais pas être couché à cette heure-là ?

— Bah non, c'est le jour du cache-cache.

Le jour du cache-cache ? Je n'y connais pas grand-chose en matière d'éducation, mais je ne comprends pas le concept du jeu en pleine nuit, et encore moins celui du « je me cache chez les voisins ». La situation devient délirante. Je me lève du lit et m'approche de la fenêtre.

— Tu t'amuses avec qui ? Il n'y a personne dehors.

L'enfant me fixe de ses grands yeux, mais ne me répond pas. L'angoisse commence à monter. Je me sens très mal à l'aise. Le comportement de cet enfant ne me semble pas normal, ni son teint, d'ailleurs. À croire qu'il ne voit jamais la lumière du jour. Une pensée me traverse l'esprit et je panique. Je me rue sur la table de chevet et en sors le crucifix que je brandis devant moi comme pour me protéger.

— T'es copine avec le curé ? me demande-t-il d'une voix innocente.

Il ne se passe rien. Après tout, qu'est-ce que j'espérais ? Qu'il se transforme en chauve-souris devant l'apparition du Christ et qu'il s'échappe en poussant des grincements ? Tu mates trop de films d'horreur, ma vieille !

— Bon, on arrête de jouer. Je vais chercher Madeleine. Elle doit bien savoir d'où tu viens !

À peine ces mots prononcés, l'enfant commence à pleurer. Sous mon regard médusé, il monte sur le lit et, telle une petite vipère, se glisse jusqu'à moi pour poser sa tête sur mes cuisses. Je caresse ses cheveux pour l'apaiser. Ses sanglots finissent par s'estomper.

— T'as l'air sympa ! me lance-t-il entre deux reniflements. Tu viens d'où ? poursuit-il.

— Paris.

— Tu repars quand ?

— Euh, je ne sais pas..., bredouillé-je. Mais pourquoi tu me poses toutes ces questions ?

Le gamin, toujours collé contre moi, essuie son visage d'un revers de manche.

— Tu veux être mon amie ?

Je suis bouleversée. Je reçois ses paroles comme l'écho d'une solitude qui résonne dans mon corps tout entier. Les larmes me montent aux yeux. Comment un petit bonhomme peut-il formuler ce genre de requête à une inconnue ? Est-il seul à ce point ? Il doit bien y avoir un parent qui s'inquiète de ne pas voir son petit. Il faut que je le ramène chez lui. Mais où ?

Il ne va pas pouvoir me répondre, il s'est endormi. Je me dégage délicatement de son étreinte, l'observe un instant avant de lui retirer l'énorme écharpe qu'il porte autour du cou. Je ne voudrais pas qu'il s'étouffe pendant que je vais me renseigner chez Madeleine.

La lumière de sa cuisine est allumée. A-t-elle oublié de l'éteindre ? Je frappe le plus discrètement possible sur la porte pour éviter de réveiller tout le village. La vieille dame m'ouvre aussitôt.

— Qu'est-ce que tu fais debout à cette heure-là ? me demande-t-elle.

Je te retourne la question ?

— Je joue à cache-cache !

— Pardon ?

— Un gamin a débarqué chez moi et…

— Je t'arrête tout de suite. Il n'y a pas d'enfant ici !

— Mais je n'ai pas rêvé ! Un petit blond avec un teint de cadavre.

Madeleine se penche vers moi et renifle l'air.

— Chloé, tu as bu ?

— Oui, mais non, je ne suis pas ivre ! J'ai…

Elle pense que je délire à cause de l'alcool, mais l'arrivée de ce gamin dans la maison m'a remis les idées en place. Il faut que je le lui montre. Sans prévenir, je l'attrape par la main et la traîne en dehors de chez elle. Ses pantoufles me suivent jusqu'à la chambre. Aux premiers abords, celle-ci semble vide. J'allume la lumière. Le gosse n'est plus là.

— Y a personne !

Merci Miss Marple, j'avais fait le même constat.

— Pourtant il était ici ! Allongé sur le lit !

— Chloé, ce serait plus raisonnable que tu ne consommes plus d'alcool. Ça n'a pas l'air de te réussir.

Je suis persuadée de ne pas avoir rêvé. J'ai tenu ce môme dans mes bras, nous nous sommes parlé, ses émotions m'ont prise aux tripes. Je ne peux pas avoir imaginé cette scène. Pourtant la réalité paraît tout autre. À moins qu'il y ait anguille sous roche ? Parce que l'écharpe est encore sur le lit… Je raccompagne Madeleine chez elle en renouvelant mes excuses une demi-douzaine de fois.

Je suis persuadée qu'on essaie de me cacher des choses ici, et je vais découvrir de quoi il s'agit. En feignant l'ignorance, je n'éveillerai pas les soupçons. Il y a un « S » brodé sur le bout de laine. Je suis pratiquement certaine que Simon est le prénom de ce gamin et qu'il est le fils de Bastien et de sa copine.

Quel fumier, celui-là ! Il m'a vraiment prise pour une crétine : me draguer alors qu'il est maqué et père de famille… Quoi qu'il en soit, ils ont une drôle de façon d'élever leur gosse. Je ne vais pas me gêner pour lui dire ce que je pense, et pas plus tard que… je ne sais pas quand !

25

Au petit matin, j'ouvre un premier œil et découvre mon visiteur à quatre pattes qui ronronne au pied du lit. Il s'approche et vient se lover contre moi. Je ne le repousse pas, cette proximité est assez plaisante. Elle l'est moins lorsqu'elle m'arrache une série d'éternuements, mais je sais gérer la situation et le félin n'a nullement l'air impressionné. Il donne même le sentiment d'aimer être à mes côtés, de la même façon que j'éprouve une certaine sérénité en sa présence.

— D'où tu viens, toi aussi ?

Pas de réponse au sens strict, mais l'animal se met à ronronner de plus belle.

— Tu aimes quand je te gratouille ici ?

Un miaulement. Je prends ça pour un oui. Son pelage est doux et la sensation agréable. Ça fait longtemps que je ne m'étais pas risquée à caresser un félin. Trop longtemps. Et si je ramenais mon nouveau copain à Paris ? Ce serait tellement plaisant d'avoir de la compagnie.

— Que dirais-tu de rentrer avec moi ?

Deux miaulements. On dira que c'est un non. De toute façon, peut-on faire d'un chat des champs un chat d'appartement ? J'ai des doutes. D'ailleurs, j'en ai de plus en plus sur l'existence que je mène : mon travail d'écrivain – car même au calme je n'allonge pas une ligne –, mon statut de célibataire inadaptée aux relations amoureuses et mon quotidien dans la plus belle capitale du monde. Après ces quelques jours à la campagne, je ne sais plus trop ce qui me conviendrait le mieux : la pétillante et stressante Paris ou l'ennuyeuse et reposante Maintenant ?

Qu'est-ce qui m'attend à Paris, exception faite de Marion ? Rien. Pourtant, si j'y songe sérieusement, m'installer à Maintenant serait une hérésie. Il y a trop de personnes qui semblent ne pas m'apprécier. La crise de nerfs de Jean-Pierre Langevin en est une preuve. Et le gosse ? Où est-il parti se cacher, celui-là ? Je jette un coup d'œil au félin. Et celui-ci, j'en fais quoi ? Cette bourgade me réserve toutes sortes de surprises depuis mon arrivée… Je ne peux m'empêcher de me demander pourquoi ma grand-mère a cherché à me faire venir ici.

J'ai l'impression que, dans ce village, les habitants vivent des relations privilégiées et sont très unis. Peut-être un peu trop ? Ils semblent avoir lancé ensemble le jeu de piste dans lequel ils essaient tous de me perdre. Et si je contre-attaquais en posant les questions qui fâchent, histoire de voir quel loup va sortir du bois ? Certains disent que la vérité est ailleurs, pour moi il s'agit juste de traverser la route…

Une heure plus tard, je pousse la porte du Welcome et j'entre d'un pas décidé. Ils ne sont pas nombreux à l'intérieur. Mon voisin est assis dans un coin de la salle, le nez plongé dans le journal. Il fait semblant de ne pas me voir. Albert, le patron, fidèle à son torchon, essuie des verres derrière son comptoir, l'air jovial.

— Bonjour ! Elle est matinale aujourd'hui ! Ça va ?

— Bonjour. Oui, ça va. Merci de vous en soucier !

— Elle peut m'appeler Bébert ou Albert, si elle veut.

— Merci, c'est gentil ! Vous pouvez aussi me tutoyer !

— On deviendrait presque intimes ! plaisante-t-il avec un sourire franc. Un p'tit café ? Je le mets sur la note…

— Non, merci ! Votre café est un peu trop costaud pour moi.

Son visage se ferme brusquement. Je me mords la langue. Quelle idiote ! Ce n'est pas avec ce genre de répliques que je vais m'attirer ses bonnes grâces.

— Je veux bien un jus d'abricot, en revanche.

— N'a pas.

— Ananas ou pamplemousse ?

— Trop exotique !

Même si ses airs de gros bourru sonnent faux, je n'ai pas envie de m'y frotter en demandant un jus de litchi !

— Orange ?

Dans mon bar préféré du Ve arrondissement, le barman m'aurait déjà proposé une dizaine de jus de fruits et là, au vu des bras croisés d'Albert et de ses sourcils froncés, je comprends que même le classique jus d'orange n'est pas à la carte.

— Raisin ou pomme. Bio, précise-t-il comme si cette information allait émoustiller mon enthousiasme.

— Va pour un jus de raisin, merci.

Au moment où il pose le verre devant moi sur le comptoir, je lui montre la photo du félin.

— Vous savez à qui appartient cet animal ?

— Non, pas du tout ! Vous avez hérité d'un chat ? interroge Albert.

— Oui, et ça ne m'arrange pas : je suis allergique.

— C'est dommage, ça !

— Vous ne l'avez pas mis dehors, au moins ? demande Antonin qui est resté silencieux jusqu'à présent.

— Non, j'ai même acheté des croquettes qui coûtent une blinde. Il n'est pas maltraité.

— Je ne sais pas d'où il vient, mais personne n'a perdu de chat dans le village, reprend Albert.

— Ça m'ennuie de l'abandonner là. Je vais sans doute le ramener à Paris.

— Ah non ! s'insurge Antonin. Le pauvre animal doit avoir l'habitude de parcourir la campagne, il va être malheureux à la ville, ajoute-t-il en adoucissant le ton.

— Ouais, pas bête ! Sinon, j'ai fait la connaissance d'un enfant hier soir et…

— Pas possible, y a pas de gosse ici, m'interrompt Albert.

OK. Pas de gamin ? Vous le prenez comme ça ? Vous me cherchez, vous allez me trouver ! Je sors l'artillerie lourde.

— Où est-ce que je peux voir Stéphane ?

Le silence s'abat sur la salle. Antonin lève un sourcil avant d'adresser un regard incertain à Albert.

Bonne pioche ! Leur soudaine nervosité trahit ce que je soupçonnais : ils le connaissent. Complicité et secret collectif font bon ménage ici.

— Qu'est-ce qu'elle lui veut à Stéphane ? me demande le patron du bar.

— Lui parler. Je souhaite comprendre certaines choses.

— Y a rien à comprendre !

— Je ne suis pas du même avis que vous. Il a des réponses à m'apporter sur ce qui s'est passé hier.

— JP n'était pas dans son état normal, réplique Albert.

— Ce n'est pas une raison pour me crier dessus.

— Il s'est juste gouré de personne ! explique Antonin.

— Il m'a confondue avec qui ? interrogé-je.

— Personne, marmonne Albert.

— Avec ma mère ? lancé-je de façon hasardeuse. Après tout, il paraît qu'on se ressemble…

La surprise qui se lit dans les yeux d'Albert en dit long sur sa réponse qui ne vient pas. Il se frotte la barbe de ses larges doigts et rote en prenant un air pensif.

— Vous voyez bien qu'il y a des choses à dire, fais-je remarquer.

— Va au salon de coiffure et demande à lui parler, intervient Antonin.

Les deux hommes s'affrontent du regard.

— Il est là-bas ? m'assuré-je pour interrompre ce silence de nouveau pesant.

— Oui, me répond-il.

Albert semble furieux.

— Pourquoi fais-tu ça, Antonin ?

— Elle a le droit de savoir.

— Pas comme ça, proteste Albert.

OK... La situation paraît bien compliquée, mais moi, je n'ai plus de temps à perdre.

— Je vous laisse, messieurs. Vous avez des choses à vous dire, vous aussi.

Je quitte le bistrot sans que personne ne me retienne, et traverse la place, direction le salon « Chez Steph ».

Malgré le carillon de la porte d'entrée, aucun accueil. L'agencement de la boutique est digne d'un établissement de grande franchise : un mobilier moderne, un espace aménagé de sièges design, un coin shampoing avec deux bacs.

Je suis en train de regarder les flacons de soins capillaires posés sur une étagère lorsque le rideau au fond de la pièce s'écarte pour laisser apparaître la femme que j'avais rencontrée en venant au Welcome la première fois. Elle est moulée dans une robe rouge et noire – très loin de sa tenue de sport. Quand elle s'approche de moi, je ressens un certain malaise. Quelque chose me dérange, mais je ne parviens pas à mettre le doigt dessus.

— Je sais ce que tu te dis : « Qui peut acheter ce genre de produits dans ce bled perdu ? » Faut pas croire, mais même les bouseux prennent soin d'eux.

— Ce n'est pas la première impression que l'on a quand on arrive ici...

— Du coup, je présume que t'es pas venue pour des conseils capillaires.

— Non, pas vraiment.

— Tu en aurais pourtant bien besoin ! Ça m'a l'air sec comme de la paille !

Vexée, je porte discrètement une main à l'arrière de ma tête pour tâter la texture de mes cheveux. Elle n'a pas tort.

— Je ne suis pas ici pour ça.

— Je m'en doutais. Qu'est-ce que tu veux ?

— Je dois parler à Stéphane.

— Ah vraiment ? Et qui t'a dit que tu le trouverais dans ce salon ?

— Des gens.

— Ces individus devraient tenir leur langue. Qu'est-ce que tu lui veux ?

— C'est personnel. J'ai quelques questions à lui poser.

— OK. Je vais le chercher.

— Merci.

La jeune femme se tourne, amorce un pas et s'arrête brusquement. Elle reste immobile une dizaine de secondes avant de faire demi-tour sur elle-même. L'expression tout entière de ses traits paraît plus dure. On dirait qu'elle joue un rôle. D'une démarche grossière, elle s'approche d'un des sièges de l'espace coiffure et s'assoit, les jambes écartées, malgré sa robe. Elle lève le visage vers moi et me lance un regard qui me glace le sang. D'un geste lascif, elle finit par retirer le foulard qui lui enserre le cou et, à cet instant précis, apparaît sous mes yeux ce que mon esprit n'avait pas encore compris.

— À une époque, je n'aurais fait qu'une bouchée d'une nana comme toi ! Tu sais que t'es mignonne ! balance une voix masculine.

Je reste bouche bée.

— Qu'est-ce qui t'arrive, ma belle ? Tu souhaitais rencontrer Stéphane, et maintenant qu'il est là, tu ne dis plus rien ?

— C'est que… Je ne savais pas que…

— Que Steph était un homme ?

— Ouais, un truc dans ce goût-là…

— Sur la devanture, c'est pas noté chez Steph et Steph ! Ici, tout le monde se moque de savoir si je suis travelo ou transgenre. Il ou elle, la question n'est plus là. Je suis moi et on m'aime pour ce que je suis. Je m'épanouis réellement dans ce bled. Cette question d'identité ne pose problème qu'aux étrangers. Qu'est-ce que tu me veux ?

— J'ai quelques questions !

— J'avais compris. Accélère un peu, j'ai du travail.

Je jette un coup d'œil autour de moi. Le salon est désert.

— J'ai des séances de yoga à préparer, poursuit-il.

— Albert m'a dit que vous donniez des cours de fitness.

— J'ai également des talents de bricoleur et de décoratrice d'intérieur, mais tu n'es pas là pour ça.

Ah oui, quand même !

— Effectivement !

Je regarde mes petits bouts de doigts qui à l'heure actuelle ne sont pas capables de taper dix phrases correctes.

— Jean-Pierre Langevin m'a rendu une visite très tardive hier…

— Ah ! je vois ! m'interrompt-il. Il était dans son état normal ?

— C'est-à-dire ?

— Visage fermé, voix assez dure.

— Non, il avait l'air plutôt égaré et il m'a crié dessus…

— OK. C'était soirée gâteaux à la bibliothèque ?

— Euh, oui !

Il semble presque amusé.

— Y avait quoi ?

— Hein, quel rapport ?

— Réponds !

— Je ne me souviens pas exactement.

J'ai vraiment du mal à comprendre…

— C'est important, j'ai besoin de savoir !

— OK… Puits d'amour, rose des sables, gâteau magique, cake au beurre de Marrakech, Sachertorte et un truc aux courgettes ! Ça vous va, comme liste ?

— C'est Madeleine qui a apporté le cake ?

— Euh, oui, je crois ! Ça change quoi ?

— M. Jean-Pierre, il en a mangé ?

— Oui, il l'a quasiment fini à lui tout seul !

— Ben voilà ! Il était stone !

Comme je fais des yeux tout ronds, Stéphane s'explique.

— Le beurre de Marrakech, ça ne te cause pas ? T'as jamais entendu parler des *space cakes* ?

— Ben si, mais quel rapp…

Et là, je percute ! Le beurre de Marrakech, autrement dit du cannabis. J'imagine mal Madeleine en train de confectionner ce type de gâteau, mais je me souviens aussi de la conversation entre Albert et Steph, concernant une odeur de shit.

— C'est vous qui approvisionnez Madeleine ?

— Ça va pas la tête ?

— Pourtant, vous en filez bien à Albert ?

Stéphane semble ahuri.

— Je crois qu'il y a méprise, ma belle.

— Je vous ai entendu parler de shit l'autre jour !

— Oui, c'est vrai, mais ce n'est pas ce que tu crois. J'ai concocté une potion pour le genou d'Albert, à base de crème d'arnica et huile essentielle de basilic. Le truc a provoqué une réaction chimique avec sa transpiration et depuis il dégage une odeur similaire à celle du chichon. J'ai réalisé des expériences illicites, mais aujourd'hui je me suis rangé. Pas question de replonger, sinon le Jean-Pierre va m'arracher la tête.

— Mais alors, qui approvisionne Madeleine ?

— Elle puise certainement dans la réserve de ta grand-mère ?

À mon tour de faire des yeux de merlan frit.

— Élisabeth ? Elle se droguait ?

Stéphane me regarde, stupéfait.

— Sais-tu de quoi ta grand-mère est morte, Chloé ?

— Euh, non, pas vraiment. Le notaire ne m'a rien dit à ce sujet.

— Et sais-tu qui est Jean-Pierre ?

— J'ai compris que c'était le maire, mais…

— As-tu une idée de qui je suis précisément ? me coupe-t-il.

Je secoue la tête.

— Non, c'est aussi pour ça que je venais vous voir. Pour avoir des réponses.

— En fait, tu n'es pas au courant de grand-chose sur nous ! s'esclaffe-t-il presque.

— Expliquez-moi, je suis là pour ça !

Stéphane lève les mains.

— Ce n'est pas à moi de le faire ! Y a des gens plus compétents que moi pour raconter les histoires des autres.

— Qui ?

— Cherche, ma belle.

— Mais…

— Stop ! hurle-t-il d'une voix vibrante d'agacement. On s'arrête là, tatie Steph voudrait bien reprendre sa place.

Je le regarde avec des yeux implorants, mais mon désarroi ne semble pas l'émouvoir le moins du monde. Sa longue silhouette se redresse et s'étire gracieusement, puis, d'une démarche chaloupée, il disparaît derrière le rideau noir, me laissant seule avec mes questions.

Du trouble je passe à la colère et sors de la boutique en claquant la porte. J'ai été trop timide, j'aurais dû lui rentrer dans le lard pour obtenir mes réponses. Maudit soit ce patelin dans lequel aucune langue ne se délie. Il n'y a que Madeleine qui parle, et elle reste toujours en surface. *Le Village des secrets*, ça ferait un beau titre de roman sur ce pays de débiles. Bon, je ne pense pas que les habitants le soient. Mais je ne vais pas me laisser faire.

Ça, non.

26

Cette rencontre express avec Stéphane n'éclaire pas les propos du maire. Je ne comprends toujours pas qui est Jean-Pierre Langevin par rapport à Stéphane, qui est Stéphane par rapport à ma mère et pourquoi personne ne veut m'apporter de véritables réponses. Si je veux pouvoir parler à Jean-Pierre Langevin, il faut que son cerbère m'ouvre la voie.

Je me dirige vers la mairie d'un pas décidé. La reine des glaces m'accueille avec un visage des moins avenants, mais j'ai déjà un plan d'action auquel elle ne résistera pas.

— Bonjour, Yvonne.

Elle marmonne quelque chose que je ne comprends pas.

— Je souhaiterais voir M. Langevin.

— Ne vous fatiguez pas, il ne vous recevra pas !

Je n'ajoute rien, histoire de ne pas la contrarier. Son visage s'éclaire lorsque j'extirpe une vingtaine de magazines de mon sac et lui montre les pages de mots fléchés encore vierges.

— C'est trop gentil de votre part !

— Yvonne, j'ai conscience que nous avons démarré sur de mauvaises bases et je voudrais rectifier le tir. Accepteriez-vous de venir boire un thé ? Nous pourrions parler de…

— De vos livres ? me coupe-t-elle.

— Euh, oui, pourquoi pas !

— Faut que je vous avoue que j'adore ce que vous écrivez !

J'ai l'impression de ne plus avoir la même personne en face de moi. Ses yeux pétillent, son visage en est transformé. Comme quoi, un sourire et le monde s'éclaire !

Je me félicite que mes livres soient à l'origine de cette métamorphose. Je dois profiter du fait qu'elle est détendue pour lui tirer les vers du nez.

— Yvonne, passez prendre un thé en fin d'après-midi.

— Non, je ne peux pas. J'ai une réunion.

Je m'apprête à lui proposer un autre moment, lorsque la porte du bureau de l'élu s'ouvre :

— Qu'est-ce que vous faites ici ?

— Bonjour, monsieur le maire. Je souhaitais vous parler.

— Pour quoi faire ?

Je regarde Yvonne, pas certaine de pouvoir m'exprimer devant elle.

— Eh bien, vous me devez quelques explications sur ce qui s'est passé hier soir.

L'homme botte en touche.

— Je vous présente mes excuses et on en reste là.

— C'est trop facile, ça.

— Effectivement, c'est plus confortable pour moi et pour vous. Croyez-moi, vous n'avez pas envie de vous encombrer l'esprit avec les histoires de chacun.

Le corps entier de cet homme exprime une tension nerveuse impossible à cacher. Je n'obtiendrai rien de lui concernant les événements d'hier, alors je décide de le déstabiliser en l'attaquant sur un autre plan.

— Pourquoi voulez-vous acheter la maison d'Élisabeth ?

Il hausse les épaules avec nonchalance.

— Histoire de ne pas voir n'importe qui débarquer ici. On n'aime pas les étrangers.

Je tente de détendre l'atmosphère :

— On est toujours l'étranger de quelqu'un…

Ma remarque n'a pas fait mouche, il me regarde d'un air contrarié.

— Vous n'avez rien d'autre à faire de plus sérieux ? Je n'ai pas de temps à perdre.

Je réfléchis quelques instants avant de répliquer :

— Oui, effectivement, vous avez raison de compter votre temps. On voit déjà les vautours au-dessus du bâtiment…

Sans laisser paraître que cette dernière remarque m'a coûté, je tourne les talons d'un pas assuré.

27

Maintenant, 9 heures.

Nouvelle réunion. Les visages sont tendus. L'heure est grave. D'autres camarades ont rejoint le groupe.

— Elle est venue dans mon bureau, commence Jean-Pierre.

— Elle n'a rien vu ? demande Bernadette.

— Non, je ne l'ai pas laissée entrer.

— Elle a parlé de l'enfant, annonce Albert.

Le maire, les mains sur les hanches, se redresse, le visage tendu.

— Comment sait-elle qu'il est là ?

— Elle l'a trouvé dans la maison, répond Antonin.

— Quand ? questionnent plusieurs voix.

— Hier.

— Je croyais que tu lui avais dit de ne pas sortir en ce moment, grogne Jean-Pierre à l'intention d'Élodie.

— Désolée de dormir parfois. Il a huit ans, tu m'expliques comment je l'empêche de mettre le nez dehors quand j'ai les yeux fermés ? Je ne vais pas l'attacher à son lit, s'insurge-t-elle.

Les propositions se mettent à fuser et les voix se mêlent dans une vraie cacophonie.

— Arrêtez de vous chamailler !

— Bon, on fait quoi à présent ?

— Oui, qu'est-ce qu'on fait, maintenant qu'elle l'a vu ?

— On peut lui présenter Simon et l'inviter à sa fête ?

— Non ! s'insurge la voix rauque du maire.

— Et pourquoi ? demande Madeleine.

— Le but du jeu n'est pas de la garder ici. Je te rappelle que notre objectif premier est de récupérer la maison d'Élisabeth pour démarrer notre projet, rétorque-t-il, les sourcils froncés.

— Si on lui explique, je suis sûre qu'elle comprendra, glisse Hélène.

— Elle n'a jamais cherché à savoir qui était vraiment Élisabeth ni comment elle avait enrichi nos vies. Elle n'est là que pour se faire du fric en vendant cette maison.

— Tu es dur avec elle, souligne la sexagénaire.

— Peut-être. Mais je crois que je suis celui qui a le plus à perdre en ne la retenant pas, et Simon ne doit pas être mêlé à tout ça.

— Même si je ne suis pas d'accord, je comprends ton point de vue. Mais on peut encore prendre le temps de la réflexion pendant les préparatifs, ajoute la retraitée.

— Oui, Jean-Pierre ! On organise la fête de Simon et on en parle pendant ce temps.

— Mais on fait comment pour qu'elle ne remarque rien ? interroge Antonin.

— On n'a pas d'autre choix que de la bloquer chez elle toute la matinée.

— J'ai une idée, dit Henriette. Je sais qu'elle veut repeindre quelques murs. Je réunis les filles et on y va. On pourra la surveiller.

— Sous réserve qu'elle accepte de vous faire entrer.

— Et si elle refuse ?

— T'inquiète, on gère de ce côté-là.

— OK, mais pour cet aprèm ?

— Ben il faut l'éloigner, sinon on ne va pas pouvoir tout mettre en place, conclut Bastien.

28

Quoi de mieux pour se calmer les nerfs que d'entamer des travaux de peinture ? Pour le moment, je n'ai pas envisagé d'autre option et laisse patauger mon pinceau dans le pot couleur taupe. J'ai déplacé les meubles, étalé une couverture au sol, mais pour le reste, je n'ai que quelques vagues notions grappillées dans des émissions de décoration.

Mon bras, déjà endolori par le lessivage de deux murs, me supplie de ne pas poursuivre les efforts. Je m'apprête toutefois à me lancer dans la bataille quand le carillon de la sonnette résonne. Derrière la porte, je découvre le club de lecture presque au complet. Il manque seulement Madeleine.

— Oh ! quelle surprise ! La fine équipe de la littérature. Que me vaut l'honneur de votre visite ?

— On a entendu dire que tu voulais démarrer des travaux de peinture.

— J'allais justement commencer…

— On tombe bien alors, lance Henriette en brandissant un rouleau, aussitôt imitée par les autres.

Les bras en l'air avec leurs pinceaux, elles ressemblent à un groupe de féministes exhibant leur soutien-gorge avec fierté. Elles sont rayonnantes et déterminées à me filer un coup de main. Tant mieux, ça ira plus vite.

— Élisabeth parlait souvent de redécorer cet intérieur. La maison n'en sera que plus plaisante.

Je comprends qu'il faut rappeler un point ou deux pour que tout le monde comprenne que les travaux ont pour seul objectif d'accélérer la vente de la maison.

— Vous savez que je vais vendre cette baraque ?

— Oui. On ne fait que respecter les dernières volontés de ta grand-mère.

— Comment ça ?

— Elle avait l'intention de tout repeindre, pour te présenter sa demeure sous son plus bel aspect.

Je reçois cette réponse comme une gifle en plein visage. Comment Élisabeth avait-elle pu envisager de me montrer cette maison alors que j'ignorais tout de sa propre existence ? Mes pensées s'embrouillent.

— Histoire que tu décides de garder ce petit coin de paradis, poursuit Lucienne.

Mon cœur se vrille. Si elles sont venues dans l'optique de me faire changer d'avis, ce n'est peut-être pas une si bonne idée de passer du temps avec elles. Mais sans attendre mon invitation à entrer, les « Grandes Pipelettes » s'engouffrent dans le couloir.

Je vais profiter de cette main-d'œuvre offerte et tâcher de mettre un mouchoir sur tout ce qu'elles me diront qui pourrait avoir un rapport avec Élisabeth.

— Les filles, je n'ai rien à vous proposer à boire.

— T'inquiète ! lance Henriette en m'adressant un clin d'œil. On a apporté des thermos de café !

À croire que tout le village en est équipé !

— Alors, faites péter le jus de chaussette !

Je constate que cette maison est faite pour recevoir. Sans pouvoir l'expliquer, la pièce semble comme subitement éclairée par le groupe ainsi réuni dans le salon. Ça discute, ça rit et j'envie la complicité qui les unit depuis des années. Je ne connais ce genre de relations qu'avec Marion, et cela me manque de n'avoir pas su entretenir les autres. Surtout depuis que la vie de mon amie a été chamboulée et que je suis bien plus seule.

Sans même me demander par quelle pièce nous allions commencer, Henriette a étalé des papiers journaux sur le reste du sol qui n'était pas protégé par la couverture. Hélène attrape le crayon coincé derrière son oreille, le lève devant elle et ferme un œil pour examiner l'ensemble de la salle.

— Allez, les filles, on se met au boulot ! Ça va être rock'n'roll !

Piquée par son dynamisme, j'ai envie de me laisser aller. Je ramasse alors un pinceau que je trempe dans le pot de peinture et, d'un geste désinvolte, j'envoie une traînée sur le mur voisin.

— Je déclare ouverte la saison de la rénovation !

29

Je n'ai pas vu le temps passer. L'équipe a été d'une efficacité redoutable. En moins de trois heures, le salon-salle à manger, la cuisine et le hall d'entrée sont métamorphosés avec des nuances de beige, taupe et chocolat.

Pour le plus grand plaisir de mes oreilles, les filles viennent de partir. Elles ont vraiment été adorables de me prêter main-forte, mais elles sont aussi bruyantes qu'une basse-cour. Les températures extérieures étant encore très clémentes, j'ai ouvert toutes les fenêtres pour dissiper les odeurs de peinture. Je peux enfin souffler. Avachie dans le canapé, je remarque un large paquet à l'entrée de la cuisine. Je déchire le papier kraft et découvre une toile qui rappelle celle que j'ai vue chez Madeleine. Le modèle, on dirait… Oh ! Les grands yeux emplis d'étoiles captent toute mon attention. Je reconnais le petit grain de beauté juste au-dessus du sourcil droit, c'est le mien ! J'examine l'œuvre. Je dois avoir treize ou quatorze ans tout au plus.

Je porte mon tee-shirt arc-en-ciel, celui que j'enfilais chaque fois que j'allais à l'Aquaboulevard avec les copines. Détail encore plus troublant, elle m'a peinte avec mes chignons à la Sailor Moon. C'est sûrement une des filles du club qui a déposé ce tableau !

Je ne vois qu'une chose à faire, leur poser directement la question. Lorsque j'ouvre la porte pour sortir, je manque de percuter Bastien qui se trouve sur le seuil.

— Oh ! mon Dieu ! m'écrié-je, surprise.

Un sourire amusé fend le beau visage de Bastien.

— Ne m'appelle pas comme ça, ça me gêne.

— Vous m'avez fait peur !

— Oui, mais j'arrive à l'heure intelligente.

Je le fixe, incrédule.

— L'heure intelligente ?

— Bah oui, 11 h 60. Midi, si tu préfères. Tu paies l'apéro ?

Je remets à plus tard mon investigation et le laisse entrer. D'office, il attrape une bouteille dans le buffet avant de s'asseoir dans le canapé.

Ne change rien, Bastien, fais comme chez toi !

— Tu peux apporter deux verres ? me demande-t-il.

— Bien sûr. Qu'est-ce que vous avez pris ?

— De l'armagnac.

Je ne peux retenir une grimace.

— Je ne bois pas de votre tord-boyaux !

Mon estomac se souvient encore des trois verres qui l'ont retourné.

— Tu ne sais pas ce que tu perds.

— Ça en fera plus pour vous.

— Pas faux ! Dans ce cas, je vais profiter de ton élan de générosité. Tu pourrais me rendre un petit service cet aprèm ? me demande-t-il d'un air penaud.

— Si ça n'implique pas mon intégrité physique.

Il secoue la tête, amusé.

— T'as des bottes ?

— J'ai ce qu'il faut

— Ça devrait le faire.

J'hésite à les lui montrer. Pas besoin de me ridiculiser avec mon équipement *fashion.*

— Je dois livrer cette chose à Edmond, dit-il en désignant le bout de métal posé dans l'entrée.

— Qui est Edmond ?

— Personne ne t'a encore parlé d'Edmond ?

— Je consulte mon Alzheimer… Euh, non, il ne se souvient de rien. Alors qui est ce charmant Ed ?

— L'épicier.

Ed l'épicier ? Sérieusement ?

— Je te charrie ! reprend-il. Edmond, c'est l'employé agricole de la commune.

— L'employé agricole de la commune ?

— Oui. Pareil pour Albert, Bernadette et moi. Le maire est notre boss. Edmond, lui, il gère la ferme et les terres qui appartiennent au village. Du coup, il met sa production à notre disposition, et chacun est libre d'aller s'approvisionner quand bon lui semble. Ça te suffit comme explication ou je développe ?

Le slogan de l'enseigne française de *hard discount* résonne dans ma tête : « Manger bien. Bien moins cher », un programme simple que les habitants de Maintenant ont su réinventer. Mais comment une bourgade comme celle-ci peut-elle se payer une secrétaire de mairie, un employé agricole, une ferme et tout le matériel qui va avec, un homme à tout faire, une épicerie, un bar ?

Bastien pose sur moi un regard taquin.

— Tu te demandes si la commune a gagné au Loto, c'est ça ?

— Un truc dans le genre…

— Plusieurs habitants ont légué leurs biens au profit de la communauté.

Moi aussi, je suis venue ici pour une histoire d'héritage. Et curieusement, les villageois veulent me racheter la baraque. Une question me vient à l'esprit : ces habitants qui ont tout cédé à la municipalité à leur mort, l'ont-ils décidé de leur plein gré ?

— Je te dessine un plan pour rejoindre la ferme ou ça va aller ? demande Bastien.

— Pas besoin. Mais je n'en ai pas vu dans les environs.

— C'est à un kilomètre et demi d'ici. Ça ira ou ça fait trop loin ?

— Je devrais pouvoir éviter la foulure des orteils ! C'est pas trop lourd, votre truc ?

En guise de réponse, Bastien pose un drôle de regard sur moi.

— Tu vas réussir à me tutoyer un jour ?

Puisqu'il semble vouloir que nos rapports évoluent, je saisis la perche qu'il me tend. Va pour le « tu » !

— Tu connaissais bien Élisabeth ?

— Depuis mon plus jeune âge. Je venais souvent chez elle quand j'étais môme. Elle m'a même appris à lire. Elle a fait partie de ma vie, en quelque sorte.

Pourquoi n'ai-je pas eu cette chance, moi aussi ? Pourquoi n'ai-je découvert l'existence de ma grand-mère qu'après sa mort ?

— Veinard, répliqué-je, froissée par cette révélation. Et elle était comment, Élisabeth ?

— Tu ne vas jamais prononcer le mot « grand-mère » ?

— Ça change quoi ?

— Beaucoup de choses ! Elle faisait partie de ta famille. Tu n'appelais pas ta mère Emmanuelle, si ?

— Non.

— Appelle-la mamie ou grand-mère, ça va te détendre. T'es coincée du bulbe, ma pauvre.

Pardon ? Il est gonflé, celui-là !

— Mécanicien, coach sportif, psychologue, j'ai en face de moi l'homme de l'année, dis donc !

Il hausse les épaules.

— Heureusement qu'Élisabeth n'était pas aussi chiante que toi.

— Bien sûr, je ne doute pas que cette femme devait être bourrée de qualités. Et puis, il n'y a que des dames d'exception pour ne jamais prendre de nouvelles de leur petite-fille !

Le ton de ma voix s'est fait plus dur que je ne l'aurais souhaité. Je me mords la lèvre, consciente de la méchanceté qui vient de m'échapper. Le regard de Bastien s'assombrit.

— Ne la juge pas, Chloé. Tu ne sais rien d'elle.

Je le dévisage plusieurs secondes avant de lui répondre :

— Alors apprends-moi ce que j'ignore.

— Ce n'est pas à moi de le faire. Tout ce que je peux te dire, c'est qu'elle était généreuse, bienveillante, patiente et farceuse. Elle aimait la vie et les bons petits plats. C'était d'ailleurs une cuisinière hors pair.

Les mots qui sortent de sa bouche sont doux et posés, pourtant ils m'irritent les oreilles, comme le crissement d'une craie sur de l'ardoise. J'ai la chair de poule. Il parle de ma grand-mère avec tellement d'émotion que je le jalouse presque. Je n'ai pas envie d'entendre ça. Pas envie de savoir que je suis passée à côté d'une personne qui aurait pu embellir ma vie. Une grand-mère qui aurait accueilli mes confidences sans me juger, qui aurait encouragé mes espoirs les plus intimes et m'aurait appris ses secrets de cuisine. Une grand-mère qui m'aurait regardée comme la huitième merveille du monde à chacune de mes visites et qui aurait été le ciment entre ma mère et moi. Non, je n'ai vraiment pas envie d'entendre quoi que ce soit de plus, car une tristesse infinie s'empare de moi. Bastien l'a connue, et moi je ne sais rien d'elle. Mais la description qu'il vient de m'en faire ne m'étonne pas. Généreuse, je n'en doute pas, sinon elle ne m'aurait jamais légué cette maison. Bonne cuisinière, ça ne me surprend pas non plus, vu l'épaisseur du carnet de recettes que j'ai découvert. Je souris en pensant au nombre de casseroles que j'ai laissées brûler par inadvertance. Je l'aurais fait rire. Mais Élisabeth et moi n'étions pas destinées à nous retrouver.

Je bâille et me frotte le visage pour masquer les larmes qui commencent à monter. Bastien a la délicatesse de ne pas relever et de changer de sujet.

— Ta voiture sera bientôt prête. La pièce ne devrait pas tarder à arriver.

— OK. Dans ce cas, va falloir que j'accélère le ménage.

— T'es à ce point pressée de partir ?

— J'ai un pote qui tient une agence immobilière à Paris. Je vais lui envoyer des photos pour qu'il mette la maison en vente. Ça devrait aller très vite.

— Ah !

Bastien baisse les yeux sur ses chaussures et garde le silence un instant. Il me ferait presque culpabiliser.

— Je suis obligée de m'en séparer, tu sais. Je ne vais pas habiter dans ce village. Je suis une citadine, j'ai besoin de l'animation de Paris.

— C'est une ville qui t'inspire ?

Bastien, Bastien, ne pose pas les questions qui fâchent ! Je ne suis pas plus inspirée à Paris qu'ici. Néanmoins, je dois bien reconnaître que la campagne a un effet positif sur moi : j'y vis beaucoup mieux mon manque de créativité que là-bas. Comment lui expliquer que je ne suis plus que l'ombre de moi-même à Paris, mais que je veux partir de Maintenant malgré tout ? Je botte en touche.

— Oui, on peut dire ça ! Et toi, tu as toujours vécu ici ?

— Non, avant, j'habitais au Mans.

— Et tu y faisais quoi ?

— Chef de produit marketing dans une grosse boîte.

Je hausse un sourcil, je ne l'imaginais pas du tout dans ce rôle.

— Ah oui, quand même !

— C'était très stressant, je suis plus serein depuis ma démission.

Je le crois sans mal…

— Comment es-tu arrivé ici ? demandé-je.

— Je voulais me recycler dans le bricolage ou la mécanique, la suite est un concours de circonstances. Comme pour toi…

Ses dernières paroles demanderaient un développement, mais je n'ose pas le lui réclamer.

— Je dois y aller, déclare-t-il soudain en se levant. Merci pour la livraison à Edmond, je te revaudrai ça. Et merci pour le verre.

Je ne peux m'empêcher de sourire. S'il savait ce que je serais capable de lui réclamer pour le service rendu !

— De rien. À très vite alors !

Avant de sortir, Bastien se tourne et me lâche un clin d'œil mutin :

— J'y compte bien ! À bientôt, princesse.

30

Il s'est écoulé trois heures depuis mon départ. Vingt minutes pour rejoindre la ferme, trente à discuter avec Edmond en arpentant l'exploitation, et le reste à tourner en rond dans la forêt sans trouver la moindre trace du chemin indiqué par l'agriculteur et censé être un raccourci pour rentrer : prendre à droite au cerisier, longer le petit sentier à l'orée des bois et bifurquer de nouveau à droite un kilomètre plus loin. Mais je n'ai pas identifié l'arbre et me suis engouffrée dans la forêt. Plus de deux heures durant lesquelles je suis passée par différents stades émotionnels : d'abord l'amusement de découvrir la campagne, ensuite l'agacement et, pour finir, la peur.

En sortant du village, j'avais espéré capter un peu de réseau, mais zéro réception. La proximité des bois n'améliorait pas la situation.

Mes bottes fashionista me font souffrir le martyre, je suis incapable de faire un pas de plus. Je m'assois sur un tapis de feuilles mortes au pied d'un large chêne, quelqu'un viendra bien à mon secours. Bastien va-t-il s'inquiéter de mon absence ? Si toutefois une promenade de trois heures peut être considérée comme une disparition. Appuyée contre le tronc, je me sens assaillie par une profonde fatigue physique. Je bâille une première fois, puis une deuxième, puis une troisième. Mes paupières s'alourdissent et je tente de lutter. Je ne peux pas m'endormir ici. Je dois rester attentive, l'oreille en alerte, au cas où les secours se pointeraient. Les secours ou le bout d'une truffe, car je place tous mes espoirs dans le cabot de Bastien. Je dois aussi rester éveillée pour parer toute éventuelle attaque d'animaux sauvages. Je ne sais pas quel type de faune traîne dans les forêts sarthoises, mais je ne tiens pas à mourir ici de quelque manière que ce soit. Je vois déjà les gros titres des journaux : « L'auteure parisienne retrouvée morte au m… » Ma réflexion n'a pas le temps d'aboutir que mes yeux se ferment.

De lointains bruits parviennent à mes oreilles, me faisant revenir doucement à un état de conscience. Un coup d'œil à ma montre m'indique que j'ai dormi plus d'une heure. Vive le sport ! Tandis que je me frictionne les bras pour me réchauffer, j'entends au loin des aboiements. Un chien court vers moi et mon cœur s'accélère. Je fonds en larmes lorsque je reconnais l'animal. Heureux de me voir lui aussi, Oscours me ravale la façade à coups de langue. Bastien entre dans mon angle de vision. L'air attendri qui illumine son visage ainsi que les deux fossettes qui creusent ses joues le rendent si sexy. Je souris bêtement.

Lorsque je saisis la main qu'il me tend pour m'aider à me relever, une décharge électrique me traverse le corps.

— Depuis que je suis petit, on me dit que la femme est comme l'électricité. Si tu sais t'en servir, elle illuminera ta vie. Si tu la fatigues, elle s'éteindra. Si tu joues avec, elle finira par te brûler, et si tu l'énerves, elle peut disjoncter.

— Du coup, tu es au courant, répliqué-je en souriant.

Nous éclatons de rire avant de laisser un silence gênant nous cristalliser. Je ne saurais déterminer les sentiments que je ressens à ce moment et pose sur lui un regard désarmé. Il soupire, m'attrape le bras pour m'attirer à lui et m'enroule son écharpe autour du cou.

— Je suis passé chez Madeleine pour appeler Edmond, et il m'a confirmé que tu l'avais quitté depuis un bon moment. Je me suis inquiété ! murmure-t-il en me serrant davantage.

Nichée au creux de ses bras, je me sens bien.

— Je me suis perdue en revenant. Je cherchais le cerisier, comme me l'a indiqué Edmond, et...

— Tu as recherché un arbre ? me coupe-t-il.

— Euh... oui !

— C'est un lieu-dit, Le Cerisier. C'est précisé sur une petite pancarte en bois. Tu as dû la louper.

— Ah !

— Tu devrais être plus prudente !

— Oui papa ! prononcé-je d'une voix malicieuse.

L'inquiétude qu'il a éprouvée me touche, mais je ne peux m'empêcher d'être taquine avec lui.

Il attrape mes poignets posés sur sa taille, m'éloigne de lui et plante ses yeux dans les miens. Il a mal pris ma remarque. J'ai sous-estimé son angoisse. Et puis, d'un seul coup, tout dérape : il emprisonne mon visage entre ses mains et nos lèvres se rencontrent en un baiser langoureux digne d'un remake de *Dirty Dancing.* Je m'embrase. Ma tête crie à l'aide tandis que mon corps en réclame davantage. Bastien met un point final à l'action en s'écartant sèchement de moi. Il a l'air déboussolé, comme s'il avait reçu cette même décharge d'adrénaline qui a fait bugger mes connexions cérébrales.

— Nous n'aurions pas dû…, lâche-t-il en fixant le bout de ses chaussures.

Le ton de sa voix est grave, j'ai l'impression que ce baiser est dramatique.

— Faut être dispo dans sa tête pour ce genre de choses, ajoute-t-il.

Ben oui, monsieur, t'as déjà une copine… C'est ballot !

Installée dans la dépanneuse de Bastien, j'admire le paysage qui défile. Il ne m'a pas adressé la moindre parole durant le trajet et la radio a meublé le silence. Le véhicule s'immobilise devant la maison d'Élisabeth et, alors que je m'apprête à descendre, Bastien me tend une chaussette à petits cœurs.

— Heureusement que tu n'avais pas fermé ta porte, sinon tu tournerais encore dans les bois.

Incrédule, je tente de saisir le rapport avec le bout de tissu. Oscours jappe, et là je comprends. Il s'est introduit chez moi pour récupérer une de mes fringues et Oscours a fait le reste. *Et tes sentiments, on en discute ou ça se passe comment ?* J'explose en quittant le véhicule.

— T'aurais peut-être dû me laisser moisir là-bas.

Et je claque la portière.

Une demi-heure que je suis allongée sur le carrelage froid de la cuisine et pleure dans l'écharpe que Bastien a enroulée autour de mon cou en me retrouvant. Je m'enivre de son parfum, un mélange de cannelle et de musc. Un cocktail de douceur et de piquant qui envahit mes narines. Je me sens particulièrement fébrile en revivant mentalement les derniers événements dans la forêt.

Ses mots résonnent dans mon esprit. *Dispo ?* C'est sûr que c'est primordial pour entamer une relation avec quelqu'un. Ce n'est pas mon célibat qui pose problème, mais plutôt le fait que je sois une inconnue dans une équation à deux variables.

Ce type va me prendre pour une EMDS (« en manque de sexe », selon la définition de Marion). Effectivement je le suis, mais pas au point de m'offrir au premier venu qui me secourt dans une forêt hostile, et déjà casé qui plus est.

Bastien peut bien penser ce qu'il veut, je m'en fous comme de ma première couche. Ce n'est qu'un abruti ! Mais un abruti désespérément sexy, je dois l'avouer.

Fatiguée, je passe dans la salle de bains pour une douche bien méritée, avant de me servir un verre dans la cuisine. Voire plusieurs. Avec un peu de chance, le souvenir du baiser de Bastien s'effacera en même temps que ma lucidité.

31

Le lendemain, fin de matinée.

— On fait comment à présent pour qu'elle ne gâche pas tout ce qu'on a préparé pour ce soir ?

— Pourquoi ne pas lui demander de nous rejoindre ? Ça simplifierait les choses…

— Elle ne peut pas venir ! On ne va pas l'inviter alors qu'on lui cache le gamin depuis son arrivée !

— Ça changerait quoi ?

— On se mettrait Jean-Pierre à dos !

— Alors faut faire ça plus tard, après son départ !

— Ah ! sûrement pas ! Tout est prêt !

— On inonde sa cave et ça l'occupe toute la soirée. Elle sera crevée et ira se coucher dans la foulée.

— Ça ne marchera pas !

— J'te dis que si !

— Ne changez rien au programme. Je gère la petite !

32

La sonnette d'entrée me tire de mon sommeil alcoolisé. Mon portable m'indique qu'il est déjà 15 heures. L'alcool, ça a du bon pour dormir un long moment, mais les réveils sont particulièrement nauséeux.

Madeleine se tient derrière la porte, toute souriante, un panier à la main. Une délicieuse odeur de pâtisserie s'en échappe, mais mon estomac se soulève.

— Tu en as, une sale tronche ! s'exclame-t-elle.

J'improvise un mensonge.

— Quelques soucis de digestion…

— C'est dommage, j'avais préparé un goûter !

Sans être Hercule Poirot, j'ai bien compris que les desserts de Madeleine n'étaient pas toujours clean.

— Le gâteau, il est piégé comme celui de la bibliothèque ?

— Ah non, ma petite ! Je suis vraiment désolée pour cet incident. D'habitude, mes *space cakes* passent bien. Je ne m'attendais pas à une telle réaction.

— Moi non plus, Madeleine, moi non plus…

— Bon, je ne suis pas là pour ça. Tu nous as fait une frayeur en te perdant dans les bois. Comment te sens-tu ?

— Comme le reste d'une tarte qu'on n'aurait pas finie pendant un pique-nique.

— J'ai apporté du thé pour accompagner le bout de tarte, me lance-t-elle en rigolant.

Elle me confie son panier et investit le canapé. Pourquoi tout le monde se sent-il aussi à l'aise dans cette maison ? Je me laisse couler comme un camembert dans le fauteuil.

— Comment te sens-tu ? Vraiment ? insiste-t-elle.

— Horriblement seule.

— Fais entrer des personnes dans ta vie !

— Les gens ne veulent pas de moi, du coup je me protège en me tenant à l'écart.

— Et tu crois que c'est une solution ?

— Faire l'inverse me servirait à quoi ?

— Pas à grand-chose ici, puisque tu ne souhaites pas rester parmi nous. Mais dans ton quotidien de citadine, cela te permettrait d'être plus entourée.

— Vous ne connaissez rien de ma vie. J'ai des amis à Paris ! m'insurgé-je contre ce jugement radical.

— Peut-être ! J'ai des oreilles pour entendre. Une seule personne s'est inquiétée pour toi, c'est Marion. Où sont les autres ?

— Je travaille beaucoup et on s'est un peu perdus de vue en ce moment, mais…

Madeleine m'interrompt en posant l'index devant mes lèvres.

— Pas de bla-bla avec moi. J'en sais assez pour affirmer que tu ne t'accordes pas une minute pour vivre pleinement. Réfléchis : depuis que tu es ici, tu n'as pas eu d'autre choix que de laisser ton portable de côté. Tu as pris le temps de te reconnecter à toi-même et à ton environnement.

Je hoche la tête pour confirmer. C'est tout à fait vrai.

— Profite, tu as la vie devant toi ! D'autres n'ont pas cette chance ! poursuit-elle d'un air plus affecté.

Le message est clair : vivre pour ceux qui sont morts. Elle n'a pas tort et ses propos me touchent en plein cœur. J'ai l'impression de parler avec ma conscience, celle qui m'invite régulièrement à renouer avec ma tête et mon corps. Je sais très bien que depuis la mort de ma mère, mon capital « enthousiasme et optimisme » a sérieusement baissé. Et je ne peux pas laisser la situation se dégrader encore plus.

Madeleine se lève et se dirige vers la cuisine. Elle revient avec un bol et du thé.

— Tiens, ma grande, bois ça, c'est une potion de réconfort. Tu vas te sentir mieux après.

J'obéis sans protester. J'ai tellement froid à l'intérieur que la première gorgée m'apporte une sensation de douce chaleur. Les différentes notes gustatives de cette infusion me redonnent un coup de fouet. Je bois le breuvage d'une traite et lui en redemande.

— Désolée, Chloé, il faut que je te laisse. Je suis attendue, se justifie-t-elle en me calant un morceau de sa délicieuse tarte dans la bouche. Pense à te reposer, tu as le teint vitreux. Et détends-toi, tu es trop sensible !

Madeleine partie, je me traîne jusqu'à l'étage avec la sensation d'être dans du coton. Je m'allonge sur le lit, ferme les paupières et m'endors sans même m'en rendre compte.

Je me réveille en entendant des rires et des chants lointains qui proviennent de l'extérieur. Il fait noir dans la maison, la nuit est tombée depuis longtemps. Je me sens vaseuse et j'ai besoin d'air. Bon sang, il y avait quoi dans le gâteau de Madeleine ? maugréé-je en me dirigeant vers la fenêtre de ma chambre.

En me penchant au-dessus du garde-fou, je crois apercevoir des torches enflammées qui s'évanouissent à l'angle de la rue. Je baisse mon regard vers le sol éclairé par les lampadaires, et découvre qu'il est jonché de cotillons. Pas le temps de réfléchir davantage, un bruit retentit au rez-de-chaussée. Je m'arrête et tends l'oreille. Rien. Cette maison est une vraie passoire ! Après l'intrusion de Bastien, l'arrivée du chat, la visite du rat et celle du gamin, je ne panique même plus. Et à ce moment précis, je n'ai pas l'énergie d'être parano, je hausse les épaules, avale un cachet de paracétamol et m'allonge de nouveau sur le lit. Dieu, que j'ai mal au crâne…

Madeleine est quand même un sacré phénomène. Quelle femme de son âge prépare des pâtisseries qui assomment les gens comme ça ?

— Coucou !

Je me relève d'un coup et allume la lumière.

Le môme, celui de la dernière fois, est installé à côté de moi.

— Tu m'as fait peur ! Qu'est-ce que tu fiches encore là ?

La mine boudeuse, l'enfant balance ses petites jambes sans rien répondre.

— Comment es-tu entré ?

— Bah, j'ai une clé !

J'entends, au timbre de sa voix, qu'il est contrarié. Il serre les poings et se mordille la lèvre inférieure. Je me rassois près de lui et lui ébouriffe les cheveux. Il fond en larmes.

— Pourquoi tu pleures, Simon ? demandé-je en lui caressant la joue.

Pas de réaction particulière quand je prononce son prénom. Cela confirme mes soupçons.

— Parce que tu ne m'aimes pas.

— Pourquoi tu dis ça ?

— T'es pas venue à ma fête.

Je fronce les sourcils.

— Ta fête ? Je n'étais pas au courant. De quoi parles-tu ?

Le gamin s'essuie le visage avec la manche de son maillot et renifle bruyamment.

Je ne sais plus quoi faire.

— Faut pas pleurer ! Je suis désolée que ça te fasse autant de peine.

— J'pleure pas, suis enrhumé !

Il fouille à l'intérieur de ses poches et sort une poignée d'euros qu'il me glisse sous le nez.

— T'as vu ? J'ai eu des nouvelles pièces ! Dans les jaunes, y a une allemande, une belge et une italienne. J'ai un euro du Vatican aussi. Suis trop content !

— Tout ça pour toi ? lui dis-je en souriant. C'est génial !

— Oui, c'est tonton Jean-Pierre qui me les a offertes. C'est Nathalie qui les a gardées pour lui. Il m'a acheté un album de collection pour les mettre dedans.

— Qui est Nathalie ?

— Bah, la libraire qui vit au Mans ! Tu crois qu'ils arrivent tous seuls ici, les livres de la bibliothèque ?

Quel répondant pour un gamin ! Ça promet.

— Je ne suis pas si bête que ça. Mais tonton Jean-Pierre, il a un véhicule ? demandé-je, étonnée.

— Bah non, c'est Gégé qui vient le chercher avec sa 406 V6. Elle est trop chouette, sa voiture avec les vitres teintées.

J'hésite à poser la question de l'identité de ce ou cette Gégé, mais le gosse répond à mon interrogation muette.

— Gégé, c'est le chef des taxis GP. Tu l'appelles et il vient te chercher.

Je passe en mémoire les noms des compagnies que j'ai contactées sans réussir à les convaincre de me conduire jusqu'à la gare. Ce nom ne me dit rien.

— Et tu sais comment on peut le joindre, Gégé ?

— Ben tu regardes sur les Pages jaunes ou sur Internet ! Faut que je rentre, sinon ils vont s'inquiéter !

Pas le temps d'ajouter une phrase, le gamin a déjà franchi la porte de la chambre et dévalé l'escalier. Il est apparu aussi vite qu'il est reparti. Ce village va me rendre folle !

Si j'ai découvert qu'il s'agit bien du petit Simon, je ne sais toujours pas qui sont ses parents. En revanche, je sais qu'ils n'ont pas daigné me convier à une fête en l'honneur de leur fils. D'ailleurs, merci Madeleine pour ce modèle d'intégration rurale. Elle aurait pu m'en parler au lieu de me faire dormir ! Il y a vraiment quelque chose qui ne tourne pas rond et ça commence à me courir sur le haricot. Puisqu'on continue de ne rien me dire, je vais devoir retourner à la chasse aux infos et certains ont intérêt à se mettre à table. Mais ça attendra demain… Aujourd'hui, je ne suis pas en état.

Au moment de me recoucher, je m'aperçois que le chat n'est pas avec moi. Cette boule de poils ne me quitte plus dès qu'il s'agit de dormir ou de manger, et là, personne. Je descends prudemment l'escalier, j'ai la sensation d'avoir la gueule de bois et un équilibre plus que précaire. La bestiole est allongée sur le canapé et semble en parfaite communion avec Morphée. Je me décide à retourner dans mon lit quand je remarque que sa gamelle déborde encore de croquettes.

J'observe alors le chat. Son sommeil si profond me paraît suspect. Je l'appelle. Rien. Je m'approche et le caresse. Aucun ronron. Je le secoue un peu. Toujours aucune réaction. De toute évidence, il n'est pas mort, puisque je l'entends respirer. Que se passe-t-il ?

Je me laisse tomber dans le canapé, épuisée, quand apparaît dans mon angle de vision la théière de Madeleine, écrasée sur le sol. Vide.

Oh ! Comment n'y ai-je pas pensé plus tôt ? Ce n'était pas de la tarte de Madeleine, mais du thé qu'il fallait que je me méfie. Ce qui s'impose à moi comme une évidence, c'est que tout ce cirque était prémédité. Le gamin que j'ai, d'après eux, imaginé, sa fête à laquelle je ne dois pas participer, le breuvage pour m'assommer… Fourbe de Madeleine !

Ah, c'est comme ça ? Ils veulent la guerre ? Très bien. Les habitants de Maintenant peuvent être satisfaits. Ils l'auront.

33

Le jour se lève et j'ai mal dormi : toute la nuit, j'ai ressassé les événements de la veille et suis arrivée à la conclusion qu'on me prend pour une idiote ici. Que je suis une bobo parisienne qui peut se laisser duper par des campagnards sinistres et calculateurs. Il est temps d'en finir avec leurs manigances.

Je sors de la maison, décidée à régler mes comptes avec Madeleine, Bastien et tous leurs complices. Car il s'agit bien d'un complot ! J'ai réfléchi aux événements successifs et aux réponses de certains, et je suis sûre que Maintenant n'est pas un village paumé en pleine zone blanche comme on tente de me le faire croire. Ce que confirme la remarque du gosse au sujet d'Internet.

Lorsque j'ouvre la porte, je découvre sur le seuil une enveloppe calée avec une pierre. Je m'en empare et la fixe quelques secondes avant de la décacheter. À l'intérieur, deux photos. J'y regarde à deux fois, mais pas de doute, il s'agit bien de moi.

Je dois avoir trois ou quatre ans. Sur la première, deux bambins posent devant le Welcome, main dans la main. Je la retourne et lis cette légende : « Bastien et Chloé, les deux amoureux ».

Ma mâchoire manque de se décrocher. Bastien et moi, nous nous sommes connus gamins ? Faute de souvenirs, je peine à le croire. Mais cette photo en est la preuve. C'est écrit « les deux amoureux ». Bastien et moi, nous nous promenions main dans la main ; peut-être même nous faisions-nous des bisous d'enfants ?

Sur le deuxième tirage, je suis assise sur les genoux d'un homme. Je ne sais pas de qui il s'agit. Au verso, une nouvelle légende : « Papy JP et Chloé, 1993. » Mais enfin ! Comment ai-je pu rencontrer mon grand-père et ne pas me le rappeler ? Dire que je suis troublée est un euphémisme… J'analyse le cliché. Nous posons toujours devant la vitrine du Welcome. JP ? Jean-Pierre ?

Je refuse de croire que ce bonhomme imbuvable puisse être mon aïeul. Et puis, de toute façon, cette histoire n'a ni queue ni tête ! Avec cette photo, je ne peux pas nier que quelque chose me lie à Jean-Pierre, mais de là à penser qu'il est mon grand-père… Faut pas pousser mamie dans les orties et la regarder tomber ! Quoi qu'il en soit, j'ai le sentiment d'avoir plus de comptes à régler avec ce village que je ne l'imaginais.

Tandis que je me dirige d'un pas décidé vers la maison de Jean-Pierre Langevin, je croise le chien de Bastien. La bête est toujours aussi impressionnante, mais je dois faire copain copain avec lui pour tenter d'exécuter un plan que j'ai concocté en quelques secondes.

— Oscours ! Oscours ! Viens, mon pépère !

L'animal n'est pas d'humeur, il se met à grogner. J'ai dû me tromper en pensant qu'il serait simple de gérer ce molosse. Puis le clebs s'élance vers moi. Arrivé en quelques foulées à ma hauteur, il se lève sur ses pattes arrière et s'appuie sur moi. En tentant de le repousser, je perds l'équilibre et me retrouve les quatre fers en l'air, avant d'être assaillie de coups de langue baveuse.

— Oscours, dégage ! Oscours !!!

En criant son nom, je me rends compte du comique de la situation. On a l'impression que je suis en train de hurler « Au secours ! ». L'animal s'écarte. J'en profite pour me précipiter dans la maison et récupérer l'écharpe du gosse que je fais renifler au chien. Après tout, c'est bien comme ça qu'il m'a trouvée dans les bois. Sans perdre une seconde, il s'élance et je le suis. Il s'arrête devant la porte de Bastien. Je m'en doutais. La fenêtre donnant sur la rue est ouverte et j'entends crier à l'intérieur.

— Les garçons ! C'est l'heure de faire du rangement.

Oscours se met à aboyer. Tais-toi, abruti ! J'aimerais autant qu'on ne me repère pas tout de suite.

Comme pour me contrarier, les jappements du chien redoublent. La porte s'entrouvre. Prise de panique, je m'accroupis pour faire mine de chercher quelque chose et ne réussis qu'à me tordre la cheville dans un gémissement de douleur.

— Tu fais une étude sur les insectes en milieu rural ? demande Bastien qui apparaît sur le seuil de sa maison.

Croiser son regard suspicieux me perturbe. J'ai encore en tête cette photo sur laquelle nous étions si proches... Je cache mon trouble derrière une réplique flegmatique.

— Très drôle !

— Tu t'es fait mal ?

— Non, ça va.

Je me relève. Il s'avance vers moi et m'observe sous toutes les coutures.

— Tu n'as rien de cassé !

— T'as fait de longues études pour arriver à ce diagnostic ?

— T'as bouffé un clown ce matin et tu ne le digères pas ? me lance-t-il à son tour.

Pff... Voleur de réplique !

— Qu'est-ce que tu fais devant chez moi ?

— J'allais chez M. Langevin.

— Et t'as eu envie de faire un gros câlin à mon chien juste avant ? dit-il en m'observant.

— Euh... non, pas du tout. J'ai simplement croisé ton clebs.

Il hausse un sourcil.

— Je vois. Tu veux une brosse pour enlever les poils ?

— Les poils ? Quels poils ?

— Ceux qui tapissent tes vêtements, me montre-t-il en pointant du doigt la masse marron collée à mes habits.

— C'est toi qui as déposé ça devant chez moi ? lui demandé-je en lui mettant la photo sous le nez pour faire diversion.

— Non.

Aucune raison de ne pas le croire. Pourtant, à son regard fuyant, je devine qu'il ne me dit pas tout.

Cette petite hésitation me donne le courage d'approfondir mon interrogatoire.

— Alors qui ?

— Les choses ne sont pas si simples.

— Ras le bol de ce genre de réponse. Explique-toi !

— Pas ici, pas comme ça. Entre, on va discuter.

À l'intérieur, je ne croise personne. Pas de femme ni d'enfant. La cuisine est tellement propre que je doute que quelqu'un y ait déjeuné. Aucune affaire qui traîne et encore moins celles d'un gosse. Rien ne laisse non plus supposer une présence féminine. Pourtant, tandis que j'évolue dans son logement, le parfum capiteux d'Élodie me chatouille les narines.

Le regard ailleurs, je ne remarque pas que Bastien s'est arrêté devant moi. Je percute son dos massif. Il se retourne, me fixe un instant avant de m'attraper par le bras pour me ramener contre lui. Sans que j'aie le temps de comprendre, ses lèvres se retrouvent collées aux miennes. Ce baiser incendiaire m'ôte toute capacité de réflexion, et son odeur corporelle perturbe tous mes sens. Entre ses mains, je ressemble à une poupée de chiffon. Le moment est magique. Mais je me ressaisis. Ce type est en train de m'embrasser alors que sa copine se trouve dans les parages. La moutarde me monte au nez et je le repousse violemment.

— Qu'est-ce qui t'arrive ? J'avais l'impression que ça te plaisait.

— T'es gonflé comme mec ! Tu prends ce dont tu as envie sans même demander si tu peux. Bel exemple pour ton fils !

— Mon fils ?

— Oui, ta femme et ton gamin. Simon et Élodie ! Tu les as oubliés ?

Il fait quelques pas pour s'éloigner et me détaille de la tête aux pieds, comme s'il me découvrait.

— Tu as vraiment cru que j'étais le genre de type à courir deux lièvres à la fois ? Tu m'as pris pour qui ?

Je ne sais pas quoi lui répondre. Aurais-je fait une erreur de jugement ?

— Et si on inverse les rôles, je suis censé penser quoi de toi qui te promènes avec un livre intitulé *Comment récupérer son ex* ?

D'un coup, la phrase « dispo dans sa tête », qu'il a prononcée après m'avoir embrassée hier, prend un sens tout différent. Il a trouvé ce bouquin débile dans la boîte à gants de ma voiture et croit que je cherche à renouer avec Luigi. Je n'ai pas le temps de m'expliquer qu'Élodie nous fait honneur de sa présence. Son regard glacial navigue entre Bastien et moi. Elle dépose sur la table les livres qu'elle serrait contre elle et s'empresse d'étreindre Bastien dans ses bras.

Il se calme instantanément. Cette proximité physique me pique à vif. D'un geste délicat, la jeune femme l'accompagne vers la porte d'entrée. Ils se lancent dans une discussion silencieuse dont je connais le sujet, mais ne comprends ni les tenants ni les aboutissants. La bouche de Bastien s'ouvre comme pour dire quelque chose, mais il la referme aussitôt et sort. Notre conversation s'arrête là.

En revanche, Élodie a l'intention de rester seule avec moi. Je me cale les pieds dans le sol, prête à me défendre contre toute attaque. Je ne laisserai pas cette pimbêche agripper ne serait-ce qu'une poignée de mes cheveux. Si elle veut se battre, ce sera en duel, comme des hommes !

Elle se tourne vers moi, le visage crispé, le regard en version lance-missiles verrouillé sur sa cible. Je la détaille. Plus grande et plus mince que moi, elle me paraît aussi plus agile et plus sportive. Je capitule. Tout compte fait, la communication verbale est sans doute une meilleure solution. Lorsqu'elle s'approche avec la grâce d'un félin, je recule d'un pas.

— Tu n'as pas à avoir peur de moi ! s'amuse-t-elle. Je n'ai jamais frappé qui que ce soit. Ce n'est pourtant pas l'envie qui me manque, surtout en ce qui te concerne ! Ça te fait plaisir de le faire souffrir ? Depuis que tu es arrivée, tu juges les autres comme si tu étais au-dessus de tous.

Moi ? Je n'en crois pas mes oreilles.

— Je ne te permets pas de me parler comme ça, rétorqué-je.

— Je me passe largement de ton autorisation. Je ne supporte pas de voir Bastien souffrir à cause d'une mijaurée comme toi.

Je reste calme.

— Élodie, si tu es jalouse à ce point, tu n'as qu'à le surveiller de plus près.

Dépitée, elle secoue la tête.

— Tu penses vraiment que je suis la meuf de Bastien ?

Je fais des yeux tout ronds et Élodie éclate d'un rire gras.

— Elles sont toutes aussi bêtes que toi à Paris ou t'as gagné des concours ?

Je me mords la joue pour ne pas répliquer.

— Bastien a eu deux amours dans sa vie : la première, c'était un amour d'enfance, ça l'a suivi des années ; et la deuxième, elle est morte fauchée par un chauffeur alcoolisé.

Ces propos me rappellent ceux de Madeleine. Et les mots « amour d'enfance » commencent à faire remonter des souvenirs à la surface. La claque est plus brutale encore lorsque je me remémore les initiales B et C sur le chambranle de la porte. Bastien fait partie de ma vie depuis ma prime jeunesse. Comment ai-je pu l'oublier !

— Tu n'as pourtant rien à craindre de moi, Chloé, finit par dire Élodie. Je veux juste le bonheur de mon frère.

J'assimile les informations. Si Élodie est la sœur de Bastien, elle est aussi la femme maltraitée qui se bat pour la garde de son fils dont Madeleine m'a parlé ?

— Madeleine est votre tante ?

— Je vois qu'on ne peut rien te cacher, Sherlock Holmes, ironise-t-elle.

— Et Simon est ton enfant ? hasardé-je.

— Au lieu de t'intéresser à ma vie, tu ferais mieux de t'occuper de la tienne.

Elle croise les bras et jette un coup d'œil aux livres qu'elle a posés sur la table en arrivant. Je l'imite. Il m'avait échappé que ces quatre bouquins sont les miens.

— Élisabeth me les avait prêtés peu de temps avant sa mort, se justifie Élodie.

Elle s'interrompt pour soupirer.

— Ta grand-mère t'aimait. Elle était fière de la jeune femme que tu es devenue et elle ne cessait de le crier haut et fort.

L'émotion envahit ma poitrine et je parle plus sèchement que je ne l'aurais souhaité.

— Alors pourquoi ne me l'a-t-elle jamais dit ?

— Détrompe-toi, elle te l'a exprimé chaque fois qu'elle t'a rencontrée.

— Qu'est-ce que tu racontes ? Je ne l'ai jamais croisée !

— Ouvre donc les livres !

Je m'exécute. Sur toutes les pages de garde, il est écrit, de ma main, « Pour Élisabeth ». Les dates sont différentes, tout comme les lieux : Concarneau, Montaigu, Paris et Le Mans. Je lève la tête et fixe Élodie, les yeux écarquillés.

— Tu l'as rencontrée à chacune de ces dédicaces. Sauf pour ton dernier roman. Elle a eu un petit souci quand tu es venue à la librairie Doucet au Mans.

Je comprends enfin mon impression de déjà-vu en croisant Élodie pour la première fois à Maintenant. Je la revois me tendre le bouquin avec la tête de la fille qui n'avait vraiment pas envie d'être là. J'avais demandé si c'était pour offrir. Elle n'avait pas pris la peine de me répondre ni de me sourire.

— C'est toi qui es venue acheter le livre ce jour-là, murmuré-je.

— Oui et non, on est venues à deux. Mais Élisabeth était très fatiguée à cause de sa maladie. Elle a tellement insisté pour être présente à ta signature que je n'ai pas pu refuser. Mais elle a fait un malaise et a été emmenée aux urgences après que je lui ai fait promettre de récupérer son *précieux*, finit-elle en articulant chaque syllabe du dernier mot.

Ma mémoire repart à la conquête des événements de cette journée-là. Une soixantaine de lecteurs étaient réunis à l'étage de la librairie mancelle. Il n'y avait plus de places assises et certaines personnes patientaient debout en écoutant mes anecdotes de romancière à succès. La dédicace avait commencé depuis une heure lorsque la file d'attente qui s'étendait avait commencé à s'agiter. Les gens se retournaient et discutaient bruyamment. J'avais compris qu'une dame âgée s'était sentie mal. Cinq minutes plus tard, les sirènes confirmaient la rumeur. Élisabeth avait été prise en charge, pendant que je ne me souciais pas réellement de ce qui s'était passé au rez-de-chaussée de la librairie.

J'ai rencontré ma grand-mère à plusieurs reprises sans le savoir. Quel gâchis…

— Eh oui, poursuit Élodie, Simon est mon fils.

Je suis à bout de souffle.

— Tu devrais arrêter de juger les gens trop vite, conclut-elle en pointant du doigt la photo de « Papy JP et Chloé, 1993 ». Lui aussi, tu devrais lui accorder une chance. Il a un gros sac à vider.

— En même temps, jusqu'à aujourd'hui, personne n'a eu l'air de vouloir répondre à mes questions.

Élodie hausse les épaules avant de laisser éclater une bulle de chewing-gum, puis sonne le glas de la conversation en disant :

— J'aime beaucoup ce que tu as fait de l'intérieur d'Élisabeth.

34

Je quitte la maison de Bastien la gorge serrée, honteuse d'avoir tiré des conclusions hâtives sur la situation sentimentale de cet homme. J'ai une pensée pour Simon. Ce petit bonhomme a dû vivre des moments bien trop compliqués pour son âge. Aucune femme ni aucun enfant ne devrait jamais être violenté. Je ressens une rage folle envers son géniteur, avant de comprendre qu'il n'est pas la seule raison de ma colère subite. Il est temps de suivre les conseils d'Élodie et de crever la bulle de mensonges qui m'isole du reste des habitants.

Je sais où trouver Jean-Pierre Langevin, mais sera-t-il enclin à m'ouvrir ? Je ne vais pas lui laisser le choix, je dois trouver les mots pour le convaincre de me parler. Lorsque j'arrive devant son domicile, je tambourine énergiquement à sa porte.

— C'est pour quoi ? éructe le vieil homme.

— Une visite de courtoisie.

Le visage fermé du maire apparaît dans l'embrasure. Ses sourcils se rapprochent lorsqu'il me voit.

— Tu me prends pour un lapin de six semaines ?

— Oui, et je crois que c'est réciproque ! Il faut qu'on parle !

Pétrifiée par ma propre audace, je reste quelques secondes sur le seuil de la maison, ne sachant que dire ou que faire.

— Y a rien à dire, réplique-t-il d'un ton morne.

— C'est ce que vous dites !

— La journée d'hier m'a épuisé. Je n'ai pas la force de donner les réponses que tu attends.

— Je m'en fiche, que vous soyez fatigué.

Je force le passage. À contrecœur, il s'efface pour me laisser entrer dans le couloir. J'avance dans ce qui ressemble à une cuisine. Il règne dans la pièce un grand désordre. Le ménage n'a visiblement pas été fait depuis des semaines. Je débarrasse une chaise de tout ce qui l'encombre, m'assois et croise les mains sur ma poitrine.

— On ne va pas tourner autour du pot, bougonne-t-il.

— En effet. Ceci pourrait vous rafraîchir la mémoire.

Je lui montre la photo. Il y jette un coup d'œil et émet un grognement irrité en se levant. Il ouvre plusieurs portes et attrape deux tasses dans un placard au-dessus de la cuisinière : l'une à fleurs avec une anse cassée et l'autre blanche et fêlée. Il frotte cette dernière contre son pantalon en velours avant de la poser devant moi. Merci de sortir le service en porcelaine en mon honneur ! ironisé-je mentalement.

Le café servi, il s'assoit, les bras croisés et l'air belliqueux. Nos regards s'accrochent quelques secondes en un défi silencieux. Je tripote nerveusement ma tasse en attendant qu'il engage la conversation. Rien ne vient. J'attaque :

— La différence entre vous et moi, c'est que votre vie est sur le déclin. En apprendre plus ou moins sur moi ne changera pas grand-chose à votre existence. Mais en ce qui me concerne, plus j'en saurai sur mon histoire familiale, plus je pourrai découvrir qui je suis réellement et avoir une chance d'accéder au bonheur.

Mes mots ont provoqué l'effet escompté. Il marque un temps d'arrêt avant de prendre une profonde inspiration, comme pour se donner du courage.

— Je n'ai pas toujours été con.

Le maire tire un portefeuille en cuir de la poche arrière de son pantalon et en sort une photo dont les couleurs sont passées.

Ses gestes sont lents. Sur le cliché, je le reconnais, ainsi qu'Élisabeth. Ils sont jeunes et se tiennent l'un à côté de l'autre, le sourire aux lèvres et les yeux pétillants.

Nos regards se croisent de nouveau et je lis la douleur sur son visage. Il me paraît soudain si vulnérable.

— Jean-Pierre, j'ai besoin de comprendre.

— Je me doute, ma petite.

Les mots sont tendres, prononcés avec une douceur qui ne lui ressemble pas.

Une larme coule sur sa joue. Je sens l'émotion m'envahir aussi. Nous vivons un moment exceptionnel : un grand-père qui retrouve sa petite-fille, une petite-fille qui se découvre un grand-père. Je saisis sa main et la serre comme une invitation à plus d'intimité. Il commence alors une histoire, celle de sa vie.

Il m'explique ses débuts professionnels en tant que soudeur dans une entreprise du coin. Il enchaîne sur la ténacité qu'il a déployée pour gravir les échelons jusqu'à devenir chef d'équipe. Il insiste bien sur le fait qu'il s'est construit tout seul et que son patron était prêt à le promouvoir encore après seulement quatre ans de travail acharné. Il me parle aussi de ses amis de toujours, des longs débats qui animaient parfois leurs folles soirées et de l'alcool qui coulait à flots quand ils allaient au bal. Il mentionne également les jolies filles qui leur tournaient autour, eux, ces jeunes hommes qui avaient réussi dans la vie et qui le clamaient à qui voulait l'entendre. Je ne comprends pas où cela nous mène, mais je le laisse s'épancher, car cela semble lui tenir à cœur. La pression de sa main se fait un peu plus forte.

— En juillet 1965, je suis allé avec mes copains à un bal dans une commune voisine. Sur la piste de danse, il y avait une jeune femme. Une vraie beauté ! Tous les gars présents n'avaient d'yeux que pour elle. Brune, les cheveux longs jusqu'aux fesses, un corps de rêve, un déhanché à faire pâlir une danseuse du ventre et la grâce d'une déesse. Élisabeth...

Lorsque mon grand-père prononce ce prénom, une ombre passe sur son visage. Il reste silencieux quelques secondes et mon cœur se serre devant cette douleur qu'il n'ose pas exprimer. Son regard est humide.

— Elle était tellement belle. Si tu l'avais vue, Chloé, on aurait dit un ange descendu du ciel ! Elle avait tous les prétendants possibles, et c'est sur moi qu'elle a posé ses yeux. Elle m'a demandé d'être son cavalier et je me suis senti l'homme le plus chanceux de la fête – le plus envié également. Nous ne nous sommes pas lâchés de la soirée et lorsque les derniers danseurs ont quitté la piste, nous sommes restés à discuter des heures durant. Ta grand-mère était non seulement très belle, mais aussi d'une intelligence et d'une sensibilité exceptionnelles.

Ce que je lis sur son visage ne laisse pas de doute quant aux sentiments qu'il avait pour Élisabeth. Je me permets toutefois de l'interrompre pour éclaircir un point.

— Tu as eu un coup de foudre ?

— Je ne sais pas, ma petite ! Mais ça y ressemblait ! On s'est aimés passionnément… Charnellement, précise-t-il.

— Merci papy, j'avais compris !

« Papy »… un mot tout simple pour des milliers de personnes, mais que je prononce pour la première fois. Nos regards se croisent et je lis une immense fierté dans le sien, tandis que le mien brille d'une émotion particulière. Nous vivons un moment unique. Pourtant, au moment où il reprend son histoire, l'atmosphère se tend.

— Ta grand-mère devait emménager à Paris deux jours plus tard. Elle allait travailler chez une amie de ses parents en attendant de faire sa rentrée dans une faculté de lettres par là-bas. Elle rêvait de devenir traductrice et parlait déjà quatre langues à dix-neuf ans. Tu te rends compte, Chloé, quatre langues ! Elle avait les moyens d'entamer une carrière professionnelle très brillante avec un tel don. Mais juste avant qu'on se quitte, elle m'a dit ne plus vouloir partir. Elle n'avait jamais rencontré quelqu'un comme moi. Un gars comme moi ? Je ne ressemblais à rien et elle avait la vie devant elle. J'ai pris peur et je l'ai suppliée de ne pas rester. Je refusais qu'elle gâche sa chance pour moi. Comme elle ne voulait rien entendre, j'ai prétexté que j'allais me marier.

Dans un mouvement inconscient, je lâche la main de Jean-Pierre. Il soupire avant de reprendre d'une voix vibrante.

— Ce n'était pas vraiment un mensonge. Mon patron m'avait déjà glissé l'idée qu'une union avec sa fille serait une façon de sceller la future reprise de l'entreprise et…

— Tu étais fiancé ?

— On peut dire ça comme ça, me répond-il en baissant les yeux.

— Je ne te juge pas, je cherche juste à bien comprendre. Emmanuelle est née de cette nuit ?

— Oui, mais lorsque ta grand-mère m'a annoncé qu'elle était enceinte, j'avais échangé mes vœux avec celle qui allait devenir ma femme. Je lui ai demandé de ne pas aller au bout de cette grossesse, mais elle a refusé et, de mon côté, je n'ai pas assumé mes responsabilités.

— Tu n'as jamais cherché à voir ta fille ?

— Si ! s'insurge-t-il. Mais comme je n'avais pas voulu reconnaître Emmanuelle, Élisabeth n'a jamais accepté que je fasse partie de leur vie.

— En même temps, tu avais ta propre famille…, murmuré-je.

— J'ai toujours refusé d'avoir des enfants avec mon épouse, jusqu'au jour où…

Il s'interrompt et ses mâchoires se crispent.

— Jusqu'au jour où Élisabeth m'a dit qu'elle ne voulait plus que je la contacte. Ça la faisait trop souffrir de me savoir en couple. J'ai accepté, la mort dans l'âme. Je n'ai plus eu de nouvelles d'elle durant presque vingt ans. Pour l'oublier, je me suis lancé à corps perdu dans le travail. Après la naissance de mon fils en 1980, j'ai pris des responsabilités politiques dans la commune, histoire de fuir un peu plus ma famille. Je suis devenu maire de Maintenant en 1983, et puis ma femme est morte d'un cancer du sein en 1987.

Il marque une pause et soupire. Je comprends qu'Élisabeth et Jean-Pierre sont passés à côté d'une grande histoire d'amour : elle savait qu'il était l'homme de sa vie et était prête à tout abandonner pour lui ; il n'a pas voulu la faire renoncer à un avenir prometteur, car il ne se sentait pas digne de cet amour.

— Ta grand-mère est venue à l'enterrement et lorsque je l'ai vue, j'ai pris conscience que je n'avais jamais cessé de l'aimer. Comme ta mère était partie faire le tour du monde pour parfaire son expérience culinaire, Élisabeth a quitté Paris et est venue s'installer à Maintenant. Son métier de traductrice lui laissait une grande liberté. Un ancien était décédé, elle a acheté la maison pour ne pas envahir l'espace de mon petit garçon en piétinant les souvenirs de sa mère. Nous avons appris à nous aimer à l'abri des regards.

— Et ma mère, dans tout ça ?

— Elle est revenue de son voyage et a rejoint Élisabeth à Maintenant en mars 1990…

Je fais un rapide calcul. Trois mois avant ma naissance.

— … avec une surprise, précise-t-il d'un ton plus guilleret.

Sacrée surprise, effectivement !

— Tu sais qui est mon père ?

— Non, Emmanuelle est restée évasive à ce sujet. Ce serait un homme qu'elle aurait rencontré lors d'une soirée en Australie.

Une soirée ? C'est curieux, ça me rappelle quelque chose ! Je comprends mieux pourquoi ma mère m'interdisait toute sortie. Heureusement pour moi, aucune de mes soirées arrosées n'a jamais produit le même résultat. Avoir un enfant est actuellement situé à la dernière place dans la liste de mes projets.

— Tu te demandes sûrement pourquoi Élisabeth et Emmanuelle ne se côtoyaient plus ?

— En effet.

— Emmanuelle est restée quelque temps avec nous, et ta grand-mère a pu profiter de votre présence. Nous avons longuement hésité à lui raconter la vérité sur nous. Lorsqu'elle nous a annoncé qu'elle se sentait prête à quitter Maintenant pour vivre sa vie, nous avons préféré garder le secret. Seulement elle a tout découvert au moment de partir et elle a coupé les ponts.

À la fin de son récit, nous tombons dans les bras l'un de l'autre. Les révélations de mon grand-père mettent en lumière le passé de ma famille. Je comprends enfin que je suis une victime collatérale des silences et des mensonges de mes aïeux.

Les jambes tremblantes, je quitte le domicile de mon grand-père, assez troublée par ces nouveaux éléments – mais aussi par le papier que je viens de faucher sur le buffet : un devis de rénovation qui concerne la maison d'Élisabeth.

35

Tout à la fois émue et en colère, je me dirige vers chez Madeleine. Je suis sûre que cette femme, en tant qu'amie proche de ma grand-mère, n'ignorait rien de tous ces pans de mon existence, avant même que je remette les pieds dans cette bourgade.

Je compte bien lui exprimer ma façon de penser, mais tandis que je me rapproche de son domicile, mon courage s'évanouit. En réalité, que puis-je lui reprocher ? De m'avoir permis de découvrir par moi-même ce qui me liait à ce village ? Ou de ne pas m'avoir révélé une histoire connue de tous ? Je m'apprête à faire demi-tour quand la porte s'ouvre, laissant apparaître une femme rayonnante. Oui, parce que Madeleine, c'est un monstre de sourire, un être bienveillant qui vous donne envie de vous lover contre elle pour recevoir le câlin du siècle. Il faut juste garder en tête qu'elle est capable de vous endormir de bien des façons !

Je continue d'avancer d'un pas hésitant.

— Bonjour, Chloé, tout va bien ? Tu marches de travers comme si tu venais de te prendre une fessée !

Je dois avouer que mon corps répond difficilement à mes injonctions, sinon je serais déjà à cent lieues d'ici.

— Faut qu'on parle, Madeleine.

— Je me doute. J'ai préparé du thé !

— Avec ou sans somnifère ?

Les hostilités sont engagées. Son visage se ferme aussitôt. Ses mâchoires se contractent. Elle me fait signe d'entrer. Je m'exécute sans rien ajouter et pénètre dans la cuisine toujours aussi psychédélique. Il y règne une bonne odeur de bœuf-carottes. Une tasse de thé se matérialise en quelques secondes devant moi. Je pose les mains autour, ça me réchauffe. Pas étonnant ! Depuis que je suis enfant, les émotions intenses et la contrariété ont la fâcheuse tendance à abaisser ma température corporelle. Pour quelle raison, personne n'en sait rien. Peut-être une autoprotection pour m'éviter l'autocombustion à chaque prise de tête.

La version glaçon de moi-même hésite à relancer la conversation, mais j'ai besoin de comprendre le comportement de Madeleine.

— C'est une tradition de droguer les petits nouveaux ?

— Maintenant n'accueille que très rarement de nouveaux résidents. Tu es la septième en trente ans !

La voix de Madeleine est froide, loin de ses habituelles tonalités chantantes et enthousiastes. Son regard trahit une certaine tristesse. Je poursuis.

— Dans ce cas, j'ai eu droit à un traitement de faveur. Vous savez que si je fais analyser mon sang et votre théière, je peux porter plainte ! Alors vous avez intérêt à m'expliquer votre dernière manigance.

— On a estimé que tu avais besoin de te reposer, me réplique-t-elle sans se démonter.

— Vous avez d'autres blagues comme ça en réserve ? Simon m'a raconté que vous aviez organisé une fête pour lui.

— Simon a discuté avec toi ?

— Oui, et ?

— Simon parle très peu…

— Il doit bien m'aimer. C'est bien le seul !

— Ne dis pas de bêtises.

— Alors cette fête, c'était pour quoi ?

— Ça ne te regarde pas.

Ma patience est à bout.

— Va falloir arrêter de me prendre pour une cruche dans ce village !

— Ça suffit, Chloé ! Je suis certaine que tu n'es pas méprisante pour deux sous, mais tu as été la première à jouer les grandes dames, juste parce que tu viens de la capitale. Ne pas ouvrir ton cœur ne te protège de rien. Ici, on vit en toute simplicité et on se respecte les uns les autres. Tu ferais bien d'en prendre de la graine.

Je reste bouche bée, les yeux écarquillés de surprise. Mais elle n'a pas complètement tort. Sous prétexte que certains n'ont pas été très accueillants, je n'ai pas cherché à les comprendre. À peine arrivée, je les ai condamnés sur le bûcher de leurs défauts, sans même prendre la peine de découvrir leurs valeurs profondes : la solidarité – tout le monde semble s'occuper des autres –, la franchise – j'avoue que la tranche qu'ils m'ont fait déguster a eu du mal à passer au début, mais finalement cette qualité a l'avantage de poser les bases, on sait immédiatement à qui on a affaire. J'ai également goûté à la bienveillance de Madeleine… Je dois admettre qu'elle m'a percée à jour et m'oblige à me remettre en question. Son regard se fait moins sévère et sa voix s'adoucit.

— Arrête de nous prendre pour des campagnards et cesse de te dissimuler derrière tes airs de Parisienne que tu n'es pas, poursuit-elle en pointant un doigt tremblant vers moi. Sois vraie, si tu veux que les habitants t'ouvrent leur cœur. Je ne te demande pas de flatter leur ego pour qu'ils t'acceptent, mais un sentiment sincère est le miel de la relation entre les hommes.

La sagesse de ses paroles me cloue sur place. Des mots simples accompagnés d'une force de conviction sans faille. Madeleine a raison. Elle aime les gens, alors que moi, je les critique. Je l'observe qui boit son infusion en silence, les yeux dans le vague. Un léger tremblement agite ses doigts quand elle pose la tasse sur la table. J'allonge le bras et prends sa main dans la mienne. Elle me sourit et me regarde avec tendresse, puis se lève et attrape un gros classeur noir. Elle me le tend, le visage empreint d'une gravité solennelle.

— Ta grand-mère t'aimait plus que tout. Votre séparation n'est due qu'à une histoire d'adultes qui a mal tourné. Ça n'aurait jamais dû se passer comme ça, mais on ne peut pas revenir sur ce qui est fait. Il faut aller de l'avant.

Je parcours le classeur et reconnais immédiatement les caractères de la machine à écrire. En tête de chaque feuille, il y a une date, suivie d'un texte plus ou moins long. Je comprends alors qu'il s'agit du journal intime d'Élisabeth. Elle a consigné ses émotions, souvenirs ou anecdotes depuis son accouchement. Très vite, mes doigts tournent les pages pour arriver en 1988, car je suis curieuse de savoir ce qu'elle a noté à la date de ma naissance. Savait-elle qui était mon père ?

2 janvier 1988

Emmanuelle a décidé de partir à l'étranger pour parfaire sa pratique culinaire. Elle compte séjourner dans le bassin méditerranéen, en Amérique du Sud et en Thaïlande pour apprendre d'autres façons de cuisiner…

15 février 1988

L'idée d'aller m'installer à Maintenant me trotte dans la tête depuis que Madeleine m'a annoncé que la femme de Jean-Pierre est morte, d'un cancer du sein, il y a deux mois, et que je l'ai revu lors de l'enterrement. J'ai de la peine pour lui et son petit garçon. J'aimerais être un soutien pour eux… Rien ne me retient à Paris et je peux poursuivre mon travail de traduction là-bas…

Je tourne plusieurs pages pour arriver à l'année de ma naissance.

4 mars 1990

Emmanuelle est revenue en France. Avec un petit habitant sous le nombril… Elle ne m'a rien dit concernant le père de l'enfant. Je pense qu'elle ne connaît même pas son identité, mais cela n'a pas d'importance pour moi. L'accouchement est prévu en juin.

11 juillet 1993

Emmanuelle est partie en me confiant la garde de Chloé, parce qu'elle a trouvé du travail à Paris comme chef dans un grand restaurant. Elle viendra la chercher avant la rentrée scolaire. Ça lui laisse du temps pour préparer leur futur logement. Ma fille est ravie de ce nouveau départ, moi beaucoup moins, mais Paris n'est pas si loin. J'irai l'aider en septembre pour les sorties d'école, le temps qu'elle trouve une personne de confiance à embaucher. Ma petite puce a déjà trois ans. Que le temps passe.

Ces quelques mots sont accompagnés d'une photo collée. Je reconnais mes traits de petite fille et m'attarde sur le visage de la femme qui me tient dans ses bras. Elle sourit à pleines dents, heureuse de ma présence à ses côtés. J'ai l'impression de ne pas avoir vécu cette époque. Les larmes envahissent mes yeux tandis que je continue de tourner les pages.

26 août 1993

Emmanuelle ne veut rien entendre de mes explications. Elle ne peut pas comprendre cette situation dont elle ne connaît rien. Je sais que j'ai fait le bon choix, mais j'ai aussi conscience du désarroi dans lequel je l'ai plongée en la privant de la vérité sur son père…

J'ai la gorge serrée. Le drame qui est le mien est également celui d'une famille qui s'est entre-déchirée.

12 juin 1997

Cela faisait bien trop longtemps que je n'avais pas vu Chloé. C'est incroyable ce qu'elle a poussé.

Aujourd'hui est un grand jour pour elle : son premier gala de danse. Je me suis installée au septième rang. Si ça n'avait tenu qu'à moi, je me serais assise au premier. Chloé est apparue au bout d'une demi-heure, coiffée d'un chignon serré et vêtue d'un justaucorps rose et de collants blancs. On ne voyait qu'elle. J'ai dégainé mon appareil pour immortaliser le bref passage de ma petite-fille…

6 juin 2000

J'ai pris mon courage à deux mains et je suis montée en région parisienne avec l'intention d'offrir quelque chose de spécial à Chloé pour son anniversaire. Elle va avoir une belle surprise pour ses dix ans. Mais je sais que je ne peux pas lui remettre le cadeau en main propre. J'ai donc discrètement laissé le petit panier devant la porte avant de me sauver comme une voleuse. Cachée un peu plus loin, j'ai pu observer la joie de ma Chloé lorsqu'elle a découvert le chaton…

Je me souviens parfaitement de cet anniversaire et de l'arrivée de Flocon dans ma vie. Aujourd'hui, je découvre qui est l'instigatrice de ce cadeau. Cet animal m'a aimée comme personne et, durant dix ans, il a été le mouchoir de mes larmes d'enfant, mon ami le plus fidèle et mon confident. Ma grand-mère n'aurait pas pu me faire un plus beau présent que celui de ce compagnon de vie.

3 avril 2014

Emmanuelle est morte. Ma fille est partie sans que je puisse lui dire au revoir, sans même que je me doute qu'elle était malade. J'étais tellement obnubilée par la réussite littéraire de Chloé que je n'ai pas compris ce qui se tramait. L'amaigrissement, le teint pâle, les difficultés à se déplacer, j'avais tout occulté. Il faut dire que je ne l'espionnais plus vraiment depuis que Chloé avait son propre appartement. Je voyageais beaucoup moins souvent, puisque je voyais Chloé partout. Télévision, magazines, journaux, tout le monde s'arrachait le petit prodige. Son histoire sur une jeune femme orpheline qui se trouve une famille de substitution auprès des membres d'une association qui œuvre pour les exclus a touché les Français. J'étais aussi tellement heureuse pour ma poupée qui vivait une aventure magnifique. Son premier roman publié, le succès a été immédiat…

Durant toute la cérémonie, Chloé a retenu ses larmes. Sa voix vibrait d'émotion lors de la lecture de l'éloge funèbre qu'elle avait écrit pour sa mère. J'aurais voulu la serrer dans mes bras, lui offrir toute la tendresse et le réconfort dont elle avait besoin, mais elle venait de perdre sa mère, sa seule famille. Et je ne pouvais pas arriver de nulle part et lui annoncer que je n'étais pas morte. Lorsque je me suis présentée devant elle pour lui souhaiter mes sincères condoléances, elle m'a remerciée dans un murmure et sans lever la tête, pour cacher ses yeux inondés de larmes. En quittant le cimetière, j'ai compris que j'étais une étrangère pour ma petite-fille.

C'est dur de lire que ma grand-mère est restée dans l'ombre de ma vie. Une vague de tristesse m'envahit et je ressens un pincement au cœur. Je serre les dents pour ne pas pleurer, mais Madeleine remarque immédiatement l'émotion qui me saisit.

— Ça va, ma petite ?

— Vous n'auriez pas un truc qui envoie du lourd ? J'ai un peu froid !

— Je me doutais que ça allait te filer le bourdon, mais tu devais savoir ! Attends, ne bouge pas, je reviens !

Elle quitte la pièce avant de réapparaître avec une bouteille toute poussiéreuse.

— Tu t'y connais ? me demande-t-elle en me tendant le vin.

Curieuse, j'étudie scrupuleusement l'étiquette : un bordeaux millésime 1978. Quand bien même ce serait le meilleur vin du monde, je serais incapable de le dire.

— Pas vraiment ! Et vous ?

— Moi non plus. On peut essayer. Ça a l'air d'être une bonne bouteille.

— Qu'est-ce qui vous fait dire ça ?

— L'étiquette est jolie.

— C'est simpliste comme critère de sélection.

— Oui, mais c'est un début ! C'est avec les choses simples que l'on a le plus de chances de ne pas se tromper.

La remarque de Madeleine sonne juste. Et si, finalement, j'étais passée à côté de mon existence en la rendant complexe à souhait ? Et si le retour à la simplicité était le secret du renouveau et du bonheur ?

Sans réfléchir une seconde de plus, je me saisis du tire-bouchon pour délivrer cette bouteille qui ne demande qu'à être bue.

La vie est trop courte.

36

Sur le chemin du retour, le palais anesthésié par le vin, je découvre un spectacle étonnant devant la maison de mon voisin : Antonin est en train de caresser mon chat adoptif, pendant que celui-ci mange dans une gamelle. J'arrive discrètement dans son dos et constate que le récipient est rempli de sardines. Il ne m'a pas vue et ce que j'entends me fait dessoûler aussitôt.

— Allez, nourris-toi, mon Jazz ! Tu as maigri ! Mon pauvre petit chat, cette Parisienne n'y connaît rien…

Ces quelques mots me donnent envie de lui rentrer dans le lard, mais je décide de passer devant lui en l'ignorant. J'entre dans la maison et claque la porte pour me défouler. Remontée comme un coucou, je fais les cent pas entre la cuisine et le salon, en fulminant. Ils se foutent tous de ma tronche, dans ce village ! Je repense à tout ce qui s'est produit depuis mon arrivée, et finalement je décide d'en rire. Ils se sont donné tellement de mal pour me faire fuir que c'en est comique.

Et là, ça m'envahit subitement. Mon regard se pose sur la machine à écrire qui trône sur le buffet et, en quelques secondes, je suis installée à la table et mes doigts tapent sur les lettres du clavier avec frénésie. J'ai le sentiment de revivre. Ma vie dans ce village nourrit ma créativité. Les mots coulent de source. Je noircis des feuilles et des feuilles. L'histoire se structure facilement. Les heures passent sans que mon élan ne soit freiné. Ce regain d'énergie littéraire, après des semaines où j'ai subi le syndrome de la page blanche, me procure un apaisement. À tel point que, à cet instant précis, je ne rêve que d'une chose : un massage à l'huile chaude prodigué par un expert au corps de rugbyman.

Le visage de Bastien s'impose dans mon esprit. Son visage, mais pas que… Seigneur ! Mon cœur se met à battre la chamade. Je dois prendre mon courage à deux mains et faire le point avec lui, parce que j'ai l'impression qu'on joue au chat et à la souris, tous les deux.

Cette pensée en appelant une autre, je me souviens d'avoir expliqué à Madeleine que, demain, je réunis tout le monde pour un dîner. Il est temps que les masques tombent. Ça passe ou ça casse !

37

Je me suis couchée avec des envies de meurtre, et je me réveille avec des idées saugrenues de douce vengeance. Je réfléchis à la tournure que je dois donner à mon dîner de ce soir, en espérant que tous ceux que je souhaite inviter seront disponibles et enclins à venir.

Premier café. Je feuillette les livres de recettes d'Élisabeth pour trouver un plat à la hauteur de mes maigres talents culinaires. Je m'arrête sur une potée aux carottes.

Deuxième café. J'ai remonté quelques bouteilles de vin dénichées à la cave. J'ai peur que ce soit du vinaigre… Il serait bon de les déboucher à l'avance. Je ne voudrais pas risquer d'empoisonner qui que ce soit… Essai transformé ! L'odeur qui se dégage des quatre bouteilles est tellement aigre qu'elle pourrait réveiller un mort. Je vide le tout dans l'évier et ouvre une fenêtre pour aérer la pièce. Il n'y a plus qu'à espérer que l'épicerie soit fournie en vins, parce que je me vois mal demander au géant du bar de me dépanner. Un coup à tourner à la bière durant le repas.

Un dernier café pour rassembler mon courage et préparer mon plan d'action. Midi va bientôt sonner et il est temps que je lance mes messages d'invitation.

Le premier est destiné à Antonin. J'ai fait au plus court et au plus rapide. J'ai accroché la missive au collier du chat et je l'ai poussé dans le jardin de mon voisin. Un coup d'œil par-dessus la haie et j'aperçois le félin qui pénètre à l'intérieur par une chatière. Il n'est pas en territoire inconnu ! Dans quelques secondes, Antonin va découvrir mon petit mot :

Dîner amical ce soir à 19 heures. Jazz est aussi invité. Amitiés, Chloé.

Le deuxième message est destiné à Jean-Pierre. Aucune envie de me confronter à lui, je glisse ma missive sous la porte de la mairie. Pour l'avoir vu entrer dans le bâtiment, je sais qu'il la trouvera et il ne va pas être déçu.

Faut qu'on parle de la maison, viens dîner ce soir à 19 heures. C'est mon dernier mot, Jean-Pierre !

Prochaine intervention chez Bernadette. J'en profite pour approvisionner la gamelle du chat ainsi que mon faitout. Je pénètre dans l'épicerie, lance un « bonjour » enjoué, avant de déployer ma liste de courses sous le regard attentif de la femme. À mon grand amusement, elle tend le cou pour surveiller le moindre de mes mouvements. Je pose mon panier plein sur le comptoir.

— On se prépare à cuisiner ? ironise-t-elle en tapotant sur sa calculatrice.

— Oui, un grand dîner ce soir, et vous êtes cordialement invitée.

Elle écarquille les yeux. Attends voir, ma poulette, la surprise n'est pas à son comble ! Je porte le coup de grâce en posant trois boîtes de sardines sur le comptoir.

— Apparemment y a de grands consommateurs de sardines en conserve dans ce village. Suis heureuse de constater que vous avez un bon stock, j'avais peur de ne pas en trouver. Je fais des rillettes de sardines pour l'apéro. Vous connaissez ?

— Non, marmonne-t-elle entre deux chiffres.

— Vous allez adorer ! Je devrais peut-être prendre une boîte en plus pour Jazz ? Il aime ça aussi, les sardines.

Je souris et lis un mélange de stupeur et de gêne dans son regard. Elle est assez intelligente pour comprendre que cette fois-ci le traquenard a été déjoué. Elle baisse la tête et ses joues virent au rouge.

— 19 heures ce soir ! Je compte sur vous !

Je récupère mes courses et éclate de rire en sortant de la boutique. Au même moment, Bastien apparaît dans mon champ de vision. Je le hèle alors qu'il s'apprête à monter dans sa camionnette. Il ne me laisse pas le temps d'en placer une et m'avertit qu'il est pressé.

— Je fais un dîner ce soir et je voulais t'inviter, toi et le reste de ta tribu, annoncé-je d'une voix guillerette.

— Faut pas te sentir obligée.

— Je ne me force pas. J'ai envie de réunir tout le monde chez Élisabeth.

Pour détendre l'atmosphère, j'ajoute :

— Chez ma grand-mère.

— Pour quelle heure ?

— Je dois prendre ça pour un oui ?

— Tu es perspicace. Pour info, je vais chercher ta pièce au Mans.

— Ah, elle est arrivée ?

— Non, je vais l'attendre devant la concession, répond-il avec un clin d'œil. T'as besoin de quelque chose ?

— Je n'ai pas trouvé de prosecco à l'épicerie, tu peux en rapporter deux bouteilles ? Sinon, on dit 19 heures ce soir !

— C'est noté.

38

L'après-midi touche à sa fin. Largement occupée, je n'ai pas vu le temps filer. Les trois CD dénichés dans un tiroir du buffet ont rythmé mes préparatifs. Les premières notes m'ont agréablement surprise, car je ne pensais pas qu'Élisabeth puisse être friande de ce genre de musique. Les Naked, un groupe sarthois à l'univers rock, un côté indie-pop et des accents trip-hop. Séduite par la voix douce de Mag Jil, la chanteuse des Naked, j'ai dansé en rangeant la salle à manger, j'ai dansé en dressant la table, j'ai dansé en cuisinant les œufs au lait et j'ai dansé en épluchant les légumes. Je me souviens d'avoir entendu ce groupe pour la première fois au Welcome, sans y avoir vraiment prêté attention.

Le Welcome ! Je repense à ma dernière apparition dans le café. Un passage éclair et un résultat efficace pour mon invitation collective ! L'atmosphère y était sûrement détendue avant mon arrivée. Quand j'ai salué la petite troupe en leur lançant : « Ce soir,

19 heures chez Élisabeth. Faut qu'on cause. Tous ensemble ! », un froid s'est installé dans la pièce et personne n'a osé moufter. Heureuse de mon effet, je leur ai offert mon plus beau sourire et j'ai tourné les talons. Seront donc aussi présents à cette réunion Marguerite, Steph, Bébert et la Paupiette. Je me sens pousser des ailes, j'ai envie d'épater mes onze invités et de leur préparer un bon dîner. Moi qui ai l'habitude d'aller chez le traiteur lorsque je reçois du monde dans mon appartement… Ma mère serait fière de moi.

J'ai passé l'après-midi à concocter la potée aux carottes du bouquin d'Élisabeth. Rien de bien compliqué, mais pour une débutante en cuisine, tout peut se transformer en grande aventure.

18 h 55, Bastien arrive le premier. Un scénario que je n'avais pas envisagé. Il reste figé sur le seuil de la maison, un bouquet à la main. Je regarde par-dessus son épaule et ne vois personne à l'horizon. Je me sens brusquement mal à l'aise. La situation étant assez compliquée entre nous, je ne sais pas comment l'accueillir. On se bise ou on se galoche ? Il sourit en me tendant des roses rouges. Son visage est lumineux et son regard pétillant. Qu'il est beau avec ses yeux en amande et ses petites fossettes !

Les propos d'Élodie me reviennent à l'esprit : Bastien n'a connu que deux amours dans sa vie. Lui et moi, nous nous sommes fréquentés très jeunes et je ne suis pas sûre qu'on puisse considérer ça comme de l'amour. Mais rien qu'à la façon dont il me regarde, je suis convaincue d'être la première à avoir fait battre son cœur. Ça ne s'oublie pas, ces choses-là ! Sauf chez moi…

Je n'ai pas le temps de rêvasser plus longuement : Bastien me fait la bise en me collant les fleurs dans les bras. Je referme la porte, un peu émoustillée. Perso, j'aurais préféré lui rouler une pelle. Ce moment d'intimité ne dure pas. Les invités débarquent les uns après les autres. J'enfile alors mon costume d'hôtesse d'accueil. Élodie et Simon sont les derniers arrivés. Le gamin à moitié caché derrière sa mère tient quelque chose dans son dos. Je m'accroupis et le regarde avec tendresse. Il en profite pour me claquer un baiser bruyant et poisseux au bord de mes lèvres. Entreprenant, le jeune homme ! Il ferait bien de donner des cours à son oncle !

— Je t'ai apporté une surprise, déclare-t-il avec un brin de fierté dans la voix.

Ce petit bonhomme a ce je-ne-sais-quoi qui a le don de m'attendrir. D'un geste rapide, il tend les bras devant lui pour me faire découvrir un bouquet de fleurs d'une fraîcheur toute relative. Son sourire s'élargit, le mien également.

— Y a plus de fleurs dans les champs, s'excuse-t-il.

Je le rassure :

— Un bouquet tout prêt c'est bien aussi.

— C'est le facteur qui l'a offert à maman y a deux jours.

— Simon ! s'insurge sa mère.

— Ben quoi ? C'est la vérité.

— Oui, mais elle n'est pas toujours bonne à dire ! le reprend Élodie.

— Tatie Madeleine, elle a dit que Chloé en avait marre qu'on lui mente et moi, je ne veux plus lui mentir !

Cette déclaration empreinte d'innocence et de sincérité me transperce le cœur. Haut comme trois pommes et déjà de vraies valeurs. Ne change rien, Simon. Je me lève précipitamment pour masquer le voile de larmes qui commence à embuer mes yeux. Il me faut vite trouver une diversion. Élodie n'a pas besoin de me voir dans cet état.

— Allez, tombeur, on passe à table ! lancé-je en lui ébouriffant les cheveux.

Tout le monde est assis. À ma gauche, Madeleine, Steph, Bernadette, Bébert et la Paupiette ; à ma droite, Antonin, Marguerite, Jean-Pierre, Élodie, Simon ; en face de moi, Bastien. J'ai versé une coupe de prosecco à chacun, sauf à Bébert qui a tenu à apporter quelques Jolicœur, une bière sarthoise. Mes toasts de sardines sont sur la table, tout comme les champignons farcis à la rillette que Madeleine a gentiment confectionnés. Tous les regards sont rivés sur moi. Je suis le centre de l'attention. Il est temps que je me lance dans mon discours de bienvenue. Moteur, action !

— Je vous remercie d'avoir répondu présents à mon invitation. Je souhaitais vous réunir pour dissiper tous les malentendus qui nous opposent à ce jour. Je vous ai pris pour des paysans, vous m'avez cataloguée comme une bobo parisienne. Dès que je suis arrivée ici, j'ai compris que vous aimiez tous Élisabeth et que certains n'appréciaient pas du tout que sa maison me revienne. Mais depuis, j'ai pris conscience d'autre chose : si ma grand-mère m'a fait venir dans ce village, c'est pour que je me rapproche de vous. Vous êtes, d'une certaine manière, la seule famille qu'il me reste. Alors je propose que nous levions nos verres au nom de tout ce qui nous sépare et à la mémoire d'Élisabeth !

Je trinque dans les airs et descends le mien d'une traite tandis que tous m'observent, abasourdis.

Mon intervention a jeté un froid, mais lorsque Bébert attrape sa bière et se l'enfile avec le débit sonore d'un petit cochon en pleine dégustation, tout le monde éclate de rire. La Paupiette lui en fait la remontrance.

— Tu devrais faire encore plus de bruit, je suis sûre qu'on ne t'entend pas au Paraguay.

L'atmosphère se détend. J'en profite pour raconter ce que j'ai compris au fil des jours sur leurs combines pour tenter de me faire dégager : l'absence de réseau causé par un brouilleur, l'introduction du chat d'Antonin dans la maison pour provoquer une crise d'allergie, les somnifères dans le thé et les autres incidents qui sont venus transformer mon séjour en véritable mésaventure.

— Vous verriez la tête que vous faites ! Détendez-vous, ça va bien se passer. Je ne vous ai pas réunis pour me disputer avec vous. Au contraire !

Les airs coupables se muent en sourires timides.

— Ah ! enfin la délivrance. On va pouvoir récupérer Internet, lance la Paupiette.

— Le retour à la vie sociale ! Alléluia, renchérit Steph.

Un brouhaha de satisfaction envahit la pièce. Le plan « Internet brouillé » ne semblait pas du goût de tout le monde et certains savent se montrer plus grincheux que d'autres.

— Si tu attends qu'on te présente des excuses, c'est très mal parti, réplique sèchement Jean-Pierre.

— Bien sûr, papy ! Je comptais sur toi pour jouer les bougons de service.

Un terrible silence envahit la pièce. Tous les regards sont braqués sur Jean-Pierre qui ne bronche pas.

— Et vlan, dans les dents ! réagit Steph.

Madeleine lui donne un coup de coude dans les côtes.

— C'est pas bien de te moquer de ton papa ! lance une petite voix enfantine.

Simon s'est levé de sa chaise pour faire retentir ce cri empli d'innocence. Un cri qui complète mon arbre généalogique. Le fils et le père ! Steph est le demi-frère de ma mère, et donc mon oncle. Je réagis à l'élément qui me manquait.

— On dit toujours que la vérité sort de la bouche des enfants. Merci, tonton, pour ce soutien clairement affiché !

— Tata, je préfère, précise Steph avec un clin d'œil complice. C'est quand même pas mal de bouffer tous ensemble. Et ça remet les pendules à l'heure. Si j'étais le maire, j'instaurerais un dîner mensuel qui réunirait tous les villageois.

— Oui, mais tu n'es pas le maire, souligne Jean-Pierre.

— C'est quand les prochaines élections municipales ? questionne Steph.

J'observe cet étrange binôme. Ils sont assis l'un en face de l'autre et se fusillent du regard. Les relations entre le fils et le père semblent particulièrement tendues. À quel moment se sont-ils éloignés au point de se prendre le bec devant une inconnue ? Quand il est passé de « il » à « elle » ou quand Steph a commencé à toucher à la drogue ? Je me dois d'intervenir, avant que la situation ne dégénère.

— Je croyais que pour réussir un repas il suffisait d'éviter les sujets qui fâchent, comme la politique, fais-je remarquer.

— La politique ? Moi, je n'ai qu'un mot à dire là-dessus, réplique Bébert. Je me demande si les politiciens ne se mettent pas autour d'une table pour le concours de celui qui a l'idée la plus débile. Ils ne vivent pas comme nous, ces gens-là ! conclut-il.

Chacun y va de sa petite anecdote sur son expérience de la vie politique de notre pays. À quand une vision plus internationale ? Je serais ravie d'entendre ce qu'ils ont à dire sur le Brexit ou les relations commerciales anglo-américaines. Dans ce brouhaha de « je sais tout » et « tu ne comprends rien », Simon semble plus isolé que jamais. Je claque dans mes mains comme une maîtresse d'école. Plusieurs d'entre eux sursautent.

— On va peut-être changer de sujet ! Il y en a des plus intéressants.

— Tata Chloé ?

Je suis gênée qu'il s'adresse à moi ainsi et je me crispe sans rien répondre.

— Tata Chloé ? insiste le gamin.

— Simon, tu ne peux pas appeler Chloé comme ça, le reprend sa mère.

— Pourquoi ? demande l'enfant.

Sa voix est pleine d'interrogations. À ce moment précis, je me fais la remarque que ce petit garçon me touche beaucoup plus que je ne l'aurais cru. Je me tourne vers Élodie.

— Oui, pourquoi ?

Elle m'ignore et se penche sur sa progéniture.

— Il faudrait qu'elle soit l'amoureuse de tonton pour que tu puisses l'appeler comme ça.

À question idiote, réponse idiote ! Je ne l'ai pas volée, celle-là. Bastien me fixe d'un air narquois et avec un large sourire aux lèvres. Fais le malin, petit rigolo ! Tu ne perds rien pour attendre !

— Bon, il est l'heure de manger maintenant !

Je décampe pour laisser la conversation se tasser et reviens quelques minutes plus tard, les bras chargés de ma cocotte que je pose sans ménagement sur la table.

— Faites tourner les assiettes !

Bébert, la Paupiette, Steph et Bastien s'exécutent en agitant leur serviette au-dessus de leurs têtes. Cette bonne humeur me plaît. Une fois le service terminé, je m'assois à mon tour, intriguée par l'odeur. Le premier coup de fourchette me fait remonter de vagues souvenirs. La douceur fondante et le goût un peu sucré de ce plat, ainsi que sa belle couleur orangée me rappellent un repas partagé avec ma grand-mère. C'est très flou dans ma mémoire, mais ça a le mérite de ressurgir…

Ma poitrine se serre. J'attrape ma serviette et essuie une miette imaginaire à la commissure de mes lèvres. Je lève la tête vers Bastien. Il me sourit. Le genre de sourire qui ferait craquer la plus psychorigide des psychorigides.

Le repas s'écoule sans accrocs. Bébert s'approprie avec aisance le rôle de chauffeur de salle entre deux œufs au lait. Les blagues fusent : « Mieux vaut avoir Parkinson qu'Alzheimer, parce que c'est préférable de renverser sa bière plutôt que d'oublier de la boire… » Une plaisanterie n'attend pas l'autre. Tout le monde a l'air de profiter de cette soirée, hormis Marguerite qui ne paraît pas sensible à ce genre d'humour. Je ne suis pas la seule à le remarquer et Bébert entre en action.

— Marguerite, une petite partie de mots fléchés ?

— Euh, non merci. Pas en plein repas ! Et merci de m'appeler Yvonne ! J'ai été baptisée, contrairement à certains…

— En parlant de ça, c'est l'histoire d'un curé…

— Oh ! pitié, lance la pauvre femme qui semble au bord du supplice.

Tout le monde éclate de rire devant le visage dépité de Bébert.

— D'ailleurs, il est où le curé ? interroge Steph.

— Il a décliné l'invitation quand on lui a annoncé que tu venais, répond Madeleine.

— Il est absent jusqu'à la semaine prochaine, renchérit Élodie.

— Il ne manque pas d'air de partir sans prévenir, s'insurge Antonin.

— J'ajouterais même qu'il est gonflé, commente Bébert en souriant.

— Comment tu sais ça, toi ? demande la Paupiette à Élodie.

— J'avais des envies de meurtre et je suis allée me confesser hier, explique la jeune femme en me fixant du regard.

— Dis maman, monsieur le curé, il va revenir ? Parce que tatie Élisabeth est partie en voyage et elle n'est toujours pas rentrée.

Les paroles et la voix innocente du gamin me font monter les larmes aux yeux. Cette situation me peine terriblement. Pourquoi sa mère ne lui a-t-elle pas encore dit ce qu'il en était ? Mais comment lui annoncer qu'il ne verra plus celle qu'il attend ? Je pourrais m'en occuper ! En lui parlant du ciel, des étoiles… Et ensuite ? Ce n'est pas mon rôle, après tout ! Simon et Élisabeth avaient tissé un vrai lien affectif et je ne serai jamais capable d'entretenir une telle relation avec ce petit garçon. Enfin, si je n'essaie pas...

Sans même réfléchir, je lance :

— Simon, ça te dirait d'aller au zoo de La Flèche avec moi ?

— Oh oui ! hurle le gamin avec un enthousiasme communicatif.

Le violent « non » aboyé par Élodie me fait sursauter. Les regards se croisent furtivement et s'évitent longuement autour de la table, façon complot. Il se passe quelque chose dont je ne saisis pas la portée.

— Il reste du dessert ? lance Madeleine pour détourner la conversation.

Le ton qu'Élodie a employé me choque. Pour qui me prend-elle, cette pimbêche ?

— Un simple « non » aurait suffi. Pas besoin de crier comme ça, je ne vais pas le bouffer, ton gosse !

Elle me fixe, les sourcils froncés, les lèvres pincées. Cette femme transpire la méfiance. Peut-être à cause de son passé délicat... Mais ce n'est pas une raison !

— Simon ne quitte pas le village, et surtout pas avec quelqu'un qui ne le connaît pas.

— Oui, j'ai bien compris que tu ne me le confierais pas.

— Chloé, ne te méprends pas sur ce qu'Élodie vient de dire, intervient Bastien.

— Et elle a voulu dire quoi exactement ? Que Simon ne sortait pas ou que je n'étais pas des vôtres ?

— Que Simon ne sortait pas, me répond-il froidement.

— On ne t'a pas tout révélé le concernant, poursuit Élodie en caressant les cheveux de son fils.

L'atmosphère est électrique. Chacun a plongé la tête dans son assiette vide. Une ombre passe sur le visage d'Élodie pour laisser aussitôt place à un sourire crispé. À son attitude plus fébrile qu'au début du repas, je sens que l'émotion la gagne. La jeune femme s'apprête à exposer une situation connue de tous, sauf de moi.

— Simon n'est pas un petit garçon comme les autres. Il ne peut pas vivre dans un environnement normal. Il a besoin de beaucoup de protection et…

— Abrège, Élodie ! grommelle son frère.

Surprise par l'agressivité de Bastien, je me retourne vers lui.

— Pas la peine de t'emporter comme ça, lance Albert.

— On ne va pas non plus tourner autour du pot…, se défend-il.

Alors que la conversation semble partir en vrille, Simon se met debout sur sa chaise et prononce calmement quelques mots à mon intention :

— Je suis un enfant de la lune.

39

Les paroles de Simon résonnent encore à mes oreilles. Comment aurais-je pu imaginer que ce petit garçon vivait sous haute protection antisolaire ? *Xeroderma pigmentosum*, un nom barbare pour une maladie qui l'est tout autant. Celle-ci provoque des lésions cutanées et oculaires de façon précoce, ne laissant qu'une faible espérance de vie à ceux qui en sont atteints.

Compte tenu des moments difficiles qu'Élodie et Simon ont déjà connus, les habitants font en sorte de leur garantir un cadre de vie qui leur permet d'apprécier chaque instant. Tout le village soutient cet enfant et je comprends maintenant l'agressivité dont ses habitants faisaient preuve à mon égard. Ils n'avaient en réalité rien contre moi, ils voulaient juste que je n'empêche pas la réalisation de leur plan, qui est d'acheter la maison de ma grand-mère afin d'y installer la mère et le fils. Ce soir, ils prennent le temps de m'expliquer les travaux qu'ils ont l'intention d'effectuer dans le logement : fenêtres haute protection UV, purification de l'air, aménagement du jardin. Leur projet permettra d'offrir à Simon une existence plus confortable. Élisabeth a choisi de ne pas me priver de mon héritage, mais je suis sûre que ce geste a dû lui coûter : elle tenait beaucoup à ce petit garçon. J'envisage de plus en plus sérieusement de leur céder la maison aux conditions demandées. Que puis-je faire d'autre ?

Il n'est pas loin de minuit lorsque tous les invités me disent au revoir. Mon grand-père m'embrasse timidement sur la joue, mais son regard brillant me fait comprendre qu'il est tout aussi ému que moi. Steph me serre contre elle à m'étouffer, tandis que Madeleine nous couve d'un œil attendri. Les accolades des autres me donnent l'impression d'avoir été adoptée à l'issue de cette soirée. Bastien se tient à l'écart. Élodie lui caresse l'épaule et lui susurre quelque chose à l'oreille. Suspicieuse, je les observe. Il me fixe à son tour sans que j'arrive à décrire ce que je lis dans son regard. Peut-être un mélange de mélancolie et de désir ? Ce soir, il a essayé de capter mon attention et il a jeté le trouble tout au long du dîner.

Nous voilà à présent seuls dans l'entrée et nous nous tenons face à face, reliés par le fil invisible de bribes de passé dont je n'ai aucun souvenir. J'ai la gorge sèche et, dans ma cage thoracique, mon rythme cardiaque rivalise avec les battements d'une fête techno. Je décroise les bras et tente un sourire pour paraître plus détendue, mais je ne fais pas illusion. Il m'ausculte en mode portique d'aéroport. Ses yeux s'attardent sur ma bouche, avant de descendre sur le décolleté de ma robe. Son visage s'éclaire tandis qu'il s'approche de moi.

Un peu trop près pour ne pas avoir une intention particulière.

Il me serre contre lui, doucement, mais fermement. Et je n'ai aucune envie de me sauver. Un délicat parfum émane de sa peau. Je le respire, ferme les yeux et profite de l'instant. Dieu que c'est bon…

40

Déjà une demi-heure que Bastien a quitté la maison et, accessoirement, ma chambre. Nous nous sommes laissé porter par l'attirance de nos deux corps et le désir s'en est trouvé décuplé. Sa place est encore chaude dans mon lit et son absence se fait ressentir. Je l'aurais bien retenu pour qu'il passe la nuit avec moi, mais il a été raisonnable. Il a de la route à faire demain matin.

J'essaie de m'endormir, seulement ça tourne à cent à l'heure dans ma tête. Trop d'informations, de révélations et d'émotions. En une soirée, je me suis trouvé un oncle qui est devenu ma tante, j'ai adopté un grand-père au caractère de Schtroumpf grognon (à croire que c'est de famille) et rencontré pour la première fois un enfant de la lune. Je me lève pour aller à la fenêtre. Le ciel est parsemé de magnifiques étoiles. Une fois de plus. Je le contemple en laissant mon esprit divaguer, et une fin se dessine pour l'histoire que je construis. Je descends au salon et m'assois devant la machine à écrire, mon carnet rouge à portée de main.

Huit heures ! Je viens de travailler huit heures non-stop. J'ai retenu mon souffle pour ne pas perdre une miette du fil de mes pensées. Un café serré serait maintenant le bienvenu. Drôle d'habitude que j'ai prise là ! Il va falloir que je revienne à des boissons plus saines.

Je pense avoir rédigé quelque chose d'intéressant. Un synopsis d'une vingtaine de pages, que je dois transmettre à mon éditrice.

Aujourd'hui, Internet est de retour, tout comme le réseau téléphonique, mais j'ai tapé tout le texte à la machine à écrire.... Le plus simple serait de pouvoir scanner mon manuscrit. Lorsque Steph passe devant ma fenêtre, je la hèle.

— Steph ?

— Oui, ma petite ?

— Peux-tu me rendre un service ?

— Ça dépend de quoi il s'agit, réplique-t-elle en revenant sur ses pas.

Je saute sur mon paquet de feuilles et le lui brandis sous le nez.

— Faut que j'envoie ça à mon éditrice de toute urgence.

Son regard oscille entre le tas de feuilles et moi.

— Passe dans dix minutes, je devrais pouvoir arranger ça.

— OK, merci !

Pressée de recueillir l'avis d'Agnès sur mon projet, je trépigne d'impatience. À peine ai-je franchi l'entrée du salon de coiffure que je me retrouve installée sur un fauteuil, un peignoir gris sur les épaules. Le deal est simple : Steph me laisse me servir de son scan à la condition que je l'autorise à s'occuper de mes cheveux. Le marché me semble honnête. Ma tignasse n'a pas vu de ciseaux depuis plusieurs semaines. Il serait temps d'arborer un nouveau style pour rayonner dans les soirées mondaines. À ses gestes acrobatiques et au nombre de coups de ciseaux, je soupçonne Steph d'assouvir son plaisir à tailler dans la masse. De longues mèches tombent sur le sol comme autant d'épis de blé fauchés par une moissonneuse. La tondeuse prend le relais. Steph a posé une serviette sur le miroir, afin que je ne puisse pas voir l'avancement de son travail. Contrairement à tous les coiffeurs que j'ai fréquentés, l'artiste œuvre en silence, et ce n'est pas pour me déplaire : nous avons beau partager un lien familial depuis hier soir, je ne me sens pas encore à l'aise avec cette relation toute nouvelle. N'empêche que je suis impatiente d'admirer ce qu'elle fait de ma tignasse.

Le ronronnement du sèche-cheveux sonne la fin de ma métamorphose. Si je me fie au sourire qui illumine son visage, Steph semble satisfaite de son œuvre. Je me présente face à un miroir et découvre une nuque dégagée, des mèches asymétriques sur le devant. Autant dire que je n'ai plus la même masse capillaire, mais je me sens tellement bien.

— Ça ne te plaît pas ?

Je reste volontairement impassible durant quelques secondes, histoire de faire monter la pression. Quand je lui saute au cou, son corps se crispe instantanément. Je me dégage aussitôt pour éviter de la mettre mal à l'aise plus longtemps.

— Je ne me suis jamais trouvée aussi jolie ! Tu as fait un boulot de malade !

— Comme quoi les bouseux sont parfois étonnants. Ravie que ça te plaise !

Je n'ajoute pas un mot, mais mon sourire en dit long sur mon enthousiasme. Je quitte le salon, rayonnante, et fais quelques pas de danse. Je me surprends à chantonner en me dirigeant vers la sortie du village. Il est hors de question que j'aille me promener en forêt, mais les environs de la bourgade sont tellement verdoyants que j'ai envie de tester la compagnie des petites bêtes. Si quelqu'un m'avait dit que moi, Chloé Édouard, citadine indécrottable, je trouverais du plaisir dans des sensations aussi simples que celle de regarder les champs, je l'aurais immédiatement fait interner.

41

14 h 30 : mon téléphone reprend vie à l'instant où je passe le seuil de la maison d'Élisabeth. Mon éditrice, qui s'est empressée de lire le texte, est d'un enthousiasme débordant. Je lui explique ce qui a inspiré mon histoire, et qui n'est qu'une partie de tout ce qui s'est produit depuis mon arrivée dans ce village. Je lui parle de mon papy Jean-Pierre, d'Antonin, de Madeleine et de mes coups de cœur pour Bastien et pour Simon, ce petit bout d'homme à qui la vie a réservé un étrange et sombre destin.

— Quand peux-tu revenir sur Paris pour une réunion avec l'équipe ? Il faut qu'on avance vite sur ce livre.

— Je ne peux pas quitter Maintenant comme ça.

— Maintenant ? C'est un vrai village, alors ? Et c'est là-bas que tu te caches ?

— Oui, un petit coin de paradis.

— Chloé ?

— Oui ?

— Chloé Édouard ?

— Oui, Agnès ? Tu ne m'entends plus ?

— Si, si, mais je voulais juste être sûre que je parlais bien à la Chloé Édouard qui ne supporte pas les bestioles et vénère le bitume.

— Y a que les imbéciles qui ne changent pas d'avis !

— Quelle idiote je fais, alors ! éclate de rire Agnès. Sinon, ils plantent quoi dans les champs environnants ? Du cannabis ?

— Ne t'inquiète pas pour ma santé mentale, je vais bien.

— Ravie de te l'entendre dire. En revanche, je ne rigole pas. Il faut se presser, ton roman doit sortir avant l'été.

— Aussi vite que ça ?

— Oui, la concurrence est rude et on doit y faire face.

— Oh ! Je ne pensais pas que…

— Ma chérie, me coupe Agnès, tu es une artiste ! Je ne te demande pas de réfléchir à cet aspect. Laisse-moi m'en occuper ! La ville la plus proche de ton paradis, c'est quoi ?

— Le Mans ou Tours, pourquoi ?

— OK, super, j'ai des contacts journalistes sur Tours ! On va offrir quelques interviews sur ta retraite bucolique. Enfile ta plus belle robe à fleurs, je t'organise un shooting photo cet après-midi. On va proposer pour *L'Enfant du clair de lune* une avant-première digne de la sortie d'un film hollywoodien. Tu peux rester dans ton village le temps de faire le buzz, mais ensuite tu reviens à Paris. J'insiste. On a assez perdu de temps comme ça !

Agnès ne me laisse pas ajouter une phrase et raccroche. Je n'ai plus qu'à m'exécuter. Le plus dur étant de trouver la fameuse robe à fleurs.

En repensant à cette conversation téléphonique, je ne retiens qu'une chose : je suis de nouveau dans la course ! Rien n'aurait pu me rendre plus heureuse que ça ! Ce retour à mon quotidien d'auteure à succès a quelque chose de rassurant. Je vais de nouveau être au centre de toutes les attentions, je serai sollicitée de toutes parts et on va s'arracher le moindre quart d'heure de mon agenda. La réalité de cette existence me rattrape aussi. Je n'aurai bientôt plus de temps pour m'ennuyer, regarder les oiseaux voler dans le ciel, flâner dans les rues ou même inviter des amis à dîner.

Des amis. Le mot résonne dans ma tête. Rares sont ceux qui ont supporté ma vie d'auteure de best-sellers. Hormis Marion, tous ont déserté en prétextant que je ne leur consacrais plus une minute et que j'avais changé. J'avais toujours considéré qu'ils invoquaient de fausses excuses pour prendre de la distance avec moi. Mais aujourd'hui, je prends conscience que, enthousiasmée par ma réussite et ce nouvel univers de mondanités qui envahissait mon quotidien, j'ai laissé mes relations se distendre sans faire le moindre effort pour les préserver. De ma vie d'avant je n'ai gardé que Marion, ou plutôt, de ma vie d'avant seule Marion a accepté de s'accommoder de mon planning de ministre pour continuer à me voir. Marion, si tu savais combien tu me manques !

17 h 35 : après avoir pris quelques minutes pour téléphoner à mon amie, enchaîné quarante-cinq SMS et huit MMS avec Bastien, bu un café avec mon

papy Jean-Pierre, je vois déjà une équipe de journalistes débouler à Maintenant.

Agnès m'a raccroché au nez il y a à peine trois heures. À ce rythme-là, ce n'est plus de la rapidité, mais du JGV, du Journalisme à Grande Vitesse ! Ma coiffure est encore nickel, appréciée de tous pour le côté plus féminin qu'elle me donne. Adieu ma bouille d'enfant, place à la nouvelle Chloé, celle qui s'assume devant l'objectif et qui mène l'interview tambour battant. Ces journalistes ne me connaissent pas, ils ne vont pas regretter leur déplacement.

42

Jamais je n'aurais pensé que l'annonce d'un roman à paraître rendrait la sphère médiatique si fébrile. Le soir même, nos journalistes zélés publiaient sur la toile des articles sur ma fugue champêtre et le sujet de ma prochaine histoire, certains poussaient la conscience professionnelle jusqu'à y associer des photos offrant une vue flatteuse sur la campagne sarthoise. Les premiers commentaires des internautes étaient enthousiastes. L'histoire de mon enfant de la lune allait sauver ma carrière littéraire ! Seulement, jamais je n'aurais imaginé le tsunami que tout cela allait provoquer dans ma vie et celle du village.

Le lendemain matin, le bourg est bien plus fréquenté qu'à l'accoutumée. Parmi les badauds qui déambulent, je reconnais quelques fans inconditionnels parisiens qui arpentent les rues du patelin, les yeux collés sur les boîtes aux lettres pour tenter de me débusquer. Ils ont dû entendre parler du hameau via les réseaux sociaux. Postée derrière mon rideau, j'observe tous ces photographes amateurs prêts à dégainer leur appareil pour un énième cliché du bout de mon nez, et j'aperçois la camionnette de dépannage de Bastien garée devant sa maison. L'oiseau est rentré au bercail, mais ne m'en a pas informée. Sympa !

Au bout de quelques heures de recherche infructueuse, la plupart de mes lecteurs lâchent l'affaire et regagnent leur véhicule. Encore deux à dégager et j'aurai le champ libre. Je compte bien faire une descente chez Bastien et obtenir de lui quelques explications sur son silence.

Vers 15 heures, le village est enfin débarrassé de ces envahisseurs d'un autre monde. Je m'apprête à aller toucher deux mots à Bastien, lorsqu'une grosse berline allemande fait une arrivée très remarquée et se gare devant l'église. Son conducteur en sort – grand, châtain, bien bâti sans paraître musclé – et passe la tête par la porte du Welcome. Son air décidé et sa décontraction apparente ne me disent rien qui vaille. Moi qui ai vu des bleus de travail, des tee-shirts et des shorts toute la semaine, la présence d'une chemise blanche jean Converse sonne comme une alerte à incendie. Il referme la porte du café, se tourne vers la maison puis s'engage dans ma direction. Je m'écarte de la fenêtre pour ne pas être repérée. Trop tard pour le camouflage ! La sonnette retentit. Quelques secondes passent sans que je réagisse. Il reprend, même intensité, mais la voix en plus. Je reste silencieuse. Il recommence, quelques octaves plus haut.

— Mademoiselle Édouard ?

Je ne réponds toujours pas. Des idées farfelues me traversent l'esprit : je suis un des trois petits cochons du conte de Leonard Leslie Brooke et le grand méchant loup est en train de souffler sur ma maison de paille. Voilà ce que m'inspire cet homme.

— Chloé, je sais que vous êtes là ! reprend-il.

Il insiste, le bougre.

— Chloé, je suis journaliste et c'est votre éditrice qui m'envoie !

Argument imparable. J'ouvre la porte et le type s'engouffre à l'intérieur, sans même y avoir été invité.

— Faites comme chez vous !

— Je suis pressé par le temps, me répond-il en me tendant sa carte de visite :

ARNAUD DE SAINT-CHARLES
JOURNALISTE FREE-LANCE
PARIS

Pas de mail, pas de téléphone. D'où sort-il, celui-là ? Jamais entendu parler de lui. Pourtant, du journaleux parisien, j'en ai côtoyé.

Je l'invite à s'asseoir à la table de la salle à manger. L'homme est venu sans matériel. Il croise les bras et m'observe. Je me sens encore plus mal à l'aise.

— Vous avez besoin d'un crayon ou de papier ?

— Non merci, inutile. Je travaille exclusivement avec un dictaphone. Ça ne vous dérange pas que je vous enregistre ?

— Non, pas spécialement.

— J'ai une autre interview à assurer. Pourrions-nous nous entretenir tout de suite ?

— Je vous offre un café ?

— Décaféiné et sans sucre, merci.

OK, je vois le genre…

Nous discutons très peu de mon parcours littéraire. Son intérêt tourne essentiellement autour des villageois et des conditions de vie de mon personnage principal qui lui rappelle un membre de sa famille également atteint par cette pathologie. C'est naturellement que je lui pose quelques questions afin d'étoffer mon petit héros. Il se prête au jeu le temps de quelques phrases. Vingt minutes plus tard, en manque de salive, j'avale un grand verre d'eau.

Résistance à l'interrogatoire : De Saint-Charles, 1 / Édouard, 0. Le journaliste a réussi à me faire parler plus que je ne l'aurais souhaité. Je lui avoue également que je me suis inspirée d'un enfant qui habite dans ce village, sans oublier de mentionner que la commune se mobilise pour l'accueillir dans les meilleures conditions.

Dès que le type repart, je me sens soulagée. Sa voix suave et ses yeux qui se plissaient à chaque question avaient quelque chose de perturbant, d'oppressant même. Je me place derrière la fenêtre et j'épie quelques instants le journaliste. Il entre au Welcome, échange avec Albert, puis ressort, la mine fermée. Son petit manège m'intrigue, mais la fatigue me gagne et j'abandonne mon poste d'observation. Quelques minutes de sommeil ne me feront pas de mal.

Je somnole sur le canapé lorsque, de la rue, me parviennent des cris. Je me précipite dehors. Bastien est en train de se battre avec le journaliste.

— Ne remets jamais plus les pieds ici ! hurle-t-il avant de lui coller un direct du droit dans le visage.

L'homme s'écroule au sol et je m'interpose, car je sens que Bastien ne va pas en rester là.

— Arrête ! Mais qu'est-ce qui te prend ? Tu ne peux pas frapper les gens comme ça !

— Tu sais qui est ce gars ?

— Oui, c'est un journaliste ! Il est venu pour mon livre et…

— Tu es bien naïve, ma pauvre ! Ce type est bien journaliste.

— De quoi parles-tu alors ? Je suis désolée si…

— Chloé, tu as fait entrer le loup dans la bergerie et tu es juste désolée ?

Les bras en croix pour protéger l'homme allongé au sol derrière moi, je fixe Bastien, perplexe. La haine qui guide ses gestes et paroles semble aussi être tournée contre moi. Qu'ai-je fait pour mériter ça ?

Tout le village assiste à la scène sans lever le petit doigt. Le bruit du moteur de la cylindrée allemande me fait sursauter. De Saint-Charles a profité du rempart que je lui offrais pour se faire la malle. Cette fuite n'a pas échappé à Bastien, mais celui-ci ne me quitte pas des yeux. Son corps tout entier transpire l'envie d'en découdre physiquement. Dans un mouvement de frustration, il lance un coup de pied rageur avant de prendre une grande inspiration. Je sursaute et pose sur lui un regard voilé d'incompréhension. Il s'avance et s'arrête à quelques centimètres de moi. Son souffle est chaud et son visage menaçant. Rien à voir avec la mine d'ado épanoui qu'il affichait dans mon lit la veille.

— Avec ce que tu as écrit, tu nous as exposés plus qu'il ne le fallait.

— Je ne saisis rien de ce que tu dis.

— Arnaud de Saint-Charles est le père de Simon et il a eu vent du sujet de ton prochain roman. Il a très bien compris ce qui se tramait.

Le père de Simon ? Un journaliste ? Je comprends mieux son empressement à en apprendre davantage sur le petit garçon. Un poids m'oppresse subitement la poitrine.

— Mais je n'ai pas cité vos noms ni mentionné celui du village.

— Je me fous de ce que tu as écrit ! Ce connard a retrouvé Simon à cause de toi et il est venu menacer Élodie pour récupérer Simon. Ils vivaient tranquillement depuis un an et toi, en quelques jours, tu gâches tout. J'espère que tu es fière de toi.

Je suis responsable d'un des pires scénarios qui pouvaient s'abattre sur eux. Je me mords la joue pour ne pas me transformer en fontaine et tente de faire un pas vers lui, mais il lève les mains en l'air pour me dissuader de m'approcher.

— Tu n'es qu'une égoïste !

Je ne peux rien répondre à ça. Il a raison. En imaginant cette histoire, en volant leur vie, je ne me suis pas inquiétée des répercussions possibles. Et pourtant, il y en avait, la preuve. Je ravale la boule dans ma gorge et retiens en moi un chagrin qu'il serait déplacé de laisser s'exprimer. J'ai tout gâché. Bastien détourne la tête, les mâchoires serrées, et je devine qu'il essuie ses larmes, celles que je n'ai pas osé libérer.

— Va-t'en ! Tu n'es pas l'une des nôtres ! lâche-t-il avec haine.

Son jugement est brutal et je le reçois comme un coup de poing dans le ventre. *Je ne veux pas partir, je ne veux pas être séparée de vous, de toi surtout !* C'est ce que je voudrais pouvoir lui dire. L'argument vaut ce qu'il vaut, il a le mérite d'être sincère. Je pense à me mettre à genoux pour m'excuser du chaos que j'ai créé, mais il ne m'en laisse pas le temps et tourne les talons. Je tente de hurler son prénom, rien ne vient. Ma respiration s'affole, je n'arrive plus à la maîtriser. *Bastien, je vais tout réparer. Je t'aime !* J'aurais pu crier cela, mais j'ai tellement mal que ce qui sort de ma bouche ressemble à un beuglement.

Il est 19 heures lorsque je finis de ramasser les débris de mon cœur étalés sur le trottoir. J'ai rangé mon bazar de Parisienne dans ma valise. Je suis prête pour rentrer à la capitale. Mon départ ne surprendra personne. D'ailleurs, aucun habitant n'est venu prendre de mes nouvelles ou me réconforter. Je ne peux pas leur en vouloir. Simon est pour chacun d'eux comme un fils, un frère, un neveu ou un petit-fils. Ils ont bâti une armée et monté des stratégies militaires pour protéger cet enfant qu'ils chérissent. Le message est clair. Mon péché de fierté a compromis leur mission et le prix de ma trahison est lourd à porter : je dois quitter ce village.

Je vais m'en aller, les bagages pleins de tristesse et de regrets. Depuis que j'ai croisé le regard de Bastien, je n'attends qu'une chose, une chose que je comprends seulement à présent : j'espérais qu'il ait la patience et l'envie de m'apprivoiser. C'est un pur échec et tout est de ma faute.

Ma voiture n'étant pas prête, je dois trouver une solution pour regagner Paris demain. Mais je ne cesse de m'inquiéter pour Simon, parce que moi aussi, je me suis attachée à ce petit bonhomme. Avant de partir, j'ai quelques coups de fil à passer pour faire avancer leur projet de rénovation de la maison.

43

Le temps passé dans ce village m'aura fait comprendre bien des choses. Ma vie est peut-être confortable d'un point de vue matériel, mais elle manque cruellement de rapports humains profonds et durables. Hormis Marion, je ne suis entourée que de béni-oui-oui qui garantissent mon pseudo bien-être dans la seule intention de me rendre productive. Ici, j'ai développé de vraies relations, avec des engueulades, des sourires et de la complicité. J'ai conscience que chacun des habitants a su m'insuffler l'importance d'aimer son prochain et que je pars plus riche que je ne suis arrivée. Cette expérience me donne envie de réveiller la bonté qui sommeille en moi pour apprendre à donner de ma personne. J'envisage de quitter la France pour une durée indéterminée et de m'engager dans l'humanitaire afin de tendre la main à ceux qui en ont besoin. À mon tour d'être généreuse ! Ici, pour commencer. Avec l'objectif de mettre Simon et sa mère à l'abri.

Dans un premier temps, je fais appel à mon avocat. Avec un ténor du barreau comme lui, l'autre abruti n'a aucune chance de s'en sortir. J'ai aussi en réserve un groupe de Bikers fans de mes livres, qui se feront un plaisir de lui arranger le portrait au moindre faux pas. Ensuite, je dois m'occuper de leur logement. La maison d'Élisabeth sera parfaite pour eux. Il va juste falloir faire quelques aménagements. Grâce à Jean-Pierre qui avait déjà fait établir des devis, je sais qui appeler. Penser à l'intérieur, c'est bien, réfléchir à l'extérieur c'est encore mieux. Simon doit pouvoir se déplacer sans craindre le soleil. Il existe sûrement des combinaisons pour le protéger. Je dois me pencher sur le problème. Auparavant, si je veux réaliser ce tour de force, il faut alimenter mon compte en banque : j'ai besoin au minimum de 60 000 euros.

Une idée me traverse l'esprit. Je compose le numéro de mon copain agent immobilier.

— Salut, ça va ma canaille ?

— Hello darling, oui très bien, et toi ? T'as quitté Paname ou quoi ? Je ne te vois plus au yoga !

— Suis en exil pour le moment. C'est une longue histoire ! Dis-moi, t'es toujours acheteur ?

— De quoi, ma chérie ?

— De mon appart, banane !

— Tu ne peux pas le vendre ! Tu l'adores, cet appart !

— Pas la peine de me rappeler que je l'aime plus que tout. J'ai quelques soucis et j'ai besoin d'argent.

— Mais qu'est-ce qui t'arrive ? Tu m'inquiètes.

— J'ai cru bien faire et j'ai mis des gens dans la merde.

— C'est grave à ce point ?

— Oui, assez.

— Du coup, tu comptes faire quoi ?

— Réparer mes erreurs et partir à l'étranger quelque temps.

— Carrément ? Ben tu ne fais pas semblant ! Comment puis-je t'aider ?

— En faisant ton travail ! J'ai besoin que tu vendes au plus vite.

— Mais ma chérie, je peux te prêter l'argent, si tu veux.

— Non, hors de question. C'est à prendre ou à laisser. Je me débrouillerai d'une autre façon si tu refuses cette proposition.

— Si je te l'achète, tu vas perdre un paquet d'argent.

— Oui, mais je suis pressée et je ne peux pas attendre que tu trouves un acheteur. J'ai des investissements à faire.

— Oui, je comprends. T'as besoin de combien ?

— Cent mille, ce serait le top… Mais ça vaut plus que ça, hein ? Rassure-moi !

— Bien sûr que oui.

Silence.

— Fred, t'es toujours là ?

— Oui, je réfléchis.

Nouveau silence. À croire qu'il a décidé de faire monter la pression.

— Je peux t'avancer 80000.

— Mais t'es dingue ! Je ne peux pas accepter ça !

— T'as besoin d'argent ou pas ?

— Bien sûr, mais tu en fais trop !

— Bon, c'est oui ou non ?

— Si gentiment proposé, je ne peux pas refuser. Je te suis redevable pour la vie, mon ami. Tu pourras me demander ce que tu veux.

— Ça tombe bien ! J'ai déjà ma petite idée ! J'ai quelques collaboratrices qui savent qu'on se connaît et qui me tannent depuis des lustres pour te rencontrer. Notre grande réunion d'agences a lieu dans trois semaines, donc interdiction de partir avant.

— Trois semaines, ça me va. T'as combien de salariés ?

— Quatre-vingt-sept.

— Même pas peur !

Le léger sourire que provoque la fin de notre discussion s'évanouit dès que je pose le téléphone sur la table. Cet appel sonne le glas de mon histoire avec cette commune et ses habitants, ainsi que celui de mon appartement. Depuis que Bastien m'a jetée comme une vieille chaussette, une profonde tristesse me colle aux baskets et je ne sais pas comment m'en débarrasser. Même le départ de Luigi ne m'a pas anéantie à ce point. Et, pourtant, avec lui, je croyais avoir touché le fond. Mais après la banqueroute financière, je découvre la notion de hold-up sentimental.

Un regard mélancolique sur mon portable et je pense à ma meilleure amie. Il serait peut-être temps que je vide mon sac. Qu'elle entende dans quelles conditions j'ai retrouvé l'amour, pour me faire larguer deux jours plus tard… Elle ne va pas être déçue.

44

Annoncer vouloir quitter la France, c'est une chose. Réussir à fuir Maintenant, c'en est une autre ! Ma voiture n'étant toujours pas prête, je dois imaginer une solution de repli. L'histoire des pièces de Simon me revient en tête. Je prends mon téléphone et trouve les coordonnées du fameux Gégé dans les Pages jaunes. Je compose le numéro et je n'ai pas le temps de penser à la manière de le convaincre de venir me chercher qu'une voix masculine résonne au bout du fil.

— Taxi GP, j'écoute ?

— Oui, bonjour. J'aurais besoin d'un taxi pour aller à la gare du Mans.

— Au départ de ?

— Maintenant.

— Je ne vous demande pas quand, mais d'où !

— Maintenant, je répète en insistant sur chaque syllabe.

Un court silence s'invite.

— Je ne reconnais pas la voix. Qui êtes-vous ?

— Chloé Édouard, la petite-fille de Jean-Pierre.

Nouveau silence.

— Y a un problème avec Simon ? reprend-il avec une pointe d'angoisse dans l'intonation.

— Non, Simon va bien. J'ai juste besoin d'aller à la gare. Un voyage urgent.

— Ah ! OK. C'est Jean-Pierre qui vous a donné mon numéro ?

— Ben oui. Quand pouvez-vous venir me chercher ?

— Je peux être là dans vingt minutes.

Il ne me reste que peu de temps pour tout boucler avant mon départ. J'attrape une pochette dans la sacoche de mon ordinateur, m'assois à la table de la cuisine et sors des documents. Je relis les informations, griffonne quelques chiffres. Pour une fois, mon cœur et mon esprit sont d'accord sur la suite à donner aux événements. Les curseurs sont tous au vert. Un SMS vient d'arriver. Comme promis, mon copain agent immobilier a viré l'argent sur mon compte. Avant de partir, je vais pouvoir faire un dernier cadeau aux habitants de Maintenant. Je compose un nouveau numéro, bien décidée à mener des négociations fermes et détaillées.

— Bonjour, Chloé Édouard à l'appareil.

— Bonjour, madame, que puis-je pour vous ?

— J'ai entre les mains le devis que vous avez réalisé pour Jean-Pierre Langevin et je voudrais avoir quelques précisions.

— Je vous écoute.

— La bibliothèque du village aurait besoin du même principe d'isolation, Je souhaiterais savoir à combien s'élèverait la note.

— C'est difficile à dire comme ça. Je dois passer prendre des mesures et…

— À la louche ?

— Il faut compter 35 000, je pense.

— Ah oui quand même ! Ça fait plus que pour la maison !

— Le bâtiment est plus grand et il y a plus de vitres et…

— Oui, je comprends que la surface est plus importante, mais ce n'est pas le Centre Pompidou non plus !

— Madame, nous n'utilisons que du matériel de haute qualité, s'agace mon interlocuteur.

— Je m'en doute, mais la bibliothèque n'est pas si grande que ça.

— Si je me souviens bien, le chantier est particulier. On ne peut pas se limiter à de simples films à poser sur les fenêtres, il faut tout changer.

— Je comprends la complexité du projet, mais le devis est en train d'exploser.

— Je ne force personne à entreprendre ces travaux pour les deux bâtiments.

Pas la peine de grogner !

— Je le sais bien, mais vous ne pourriez pas faire un petit geste ?

— Je suis un professionnel de la construction, pas un vendeur de tapis. Je vous ferai une estimation plus rigoureuse, une fois sur place.

— OK. Je présume que je vous verse un acompte ?

— Oui, 10 000 euros.

— Ce n'est plus un acompte, à ce tarif-là !

— À prendre ou à laisser. Mon carnet de rendez-vous est plein.

— OK, je vous fais un virement de 20000 euros, ça vous va ?

— Oui.

— Et pour le reste ?

— Au fur et à mesure de l'avancée des travaux. Je vous adresserai des demandes de versement.

— Parfait. Vous pouvez commencer quand ? C'est urgent !

— Comme pour tout le monde.

— Là, c'est pour améliorer le quotidien d'un enfant ultrasensible aux UV. Vous allez changer sa vie.

— OK, dans ce cas on ne va pas traîner. Je passe demain pour reprendre les mesures et j'envoie la commande dans la foulée. On pourra commencer les chantiers dans la quinzaine, ça vous va ?

— Parfait. Je vire l'argent dans l'heure sur l'IBAN qui est indiqué sur le devis. Encore merci, monsieur, et bonne journée.

Je raccroche en poussant un long soupir. Négociations réussies, si on estime que c'est l'entrepreneur qui a mené la danse. Le monde du bâtiment et moi, ça fait quinze. Ce type, en quelques phrases, m'a agacée plus que tous les artisans qui ont rénové mon appartement. Je suis ravie de savoir que je ne serai plus là pour gérer cet abruti quand il viendra ! En quelques clics, je transfère la somme pour enclencher la commande des travaux.

Dans la foulée, j'appelle quelques potes journalistes pour leur expliquer la situation entre Élodie et Arnaud de Saint-Charles. Certains m'avouent avoir entendu parler de sa propension à la violence domestique, et tous me promettent de préparer des articles le mettant en cause si celui-ci refusait de collaborer. Je contacte ensuite mon avocat pour lui transmettre le nom de l'ex-mari d'Élodie. Il est temps que quelqu'un monte un sérieux dossier contre cet odieux personnage. Une injonction d'éloignement ainsi qu'une demande en recouvrement de pension alimentaire devraient le calmer. Je regarde ma montre.

Il est l'heure de partir. Le taxi ne va pas tarder à arriver. Il me reste encore deux choses à faire avant de quitter ce village. Je traverse la place et dépose une enveloppe dans la boîte aux lettres de la mairie. À l'intérieur, le trousseau de clés de la maison d'Élisabeth, le devis de l'artisan signé, ainsi qu'un courrier signifiant la donation du bien à la commune. Je ne cherche pas à redorer mon blason, mais je suis sûre qu'ils en feront un meilleur usage que moi.

J'ai une deuxième lettre à déposer, quelques mètres plus loin. Certains rideaux commencent à s'animer tandis que je m'approche du domicile de Bastien. Il n'est pas chez lui, je l'ai vu partir à vélo. Je glisse l'enveloppe dans la boîte. Je n'ai pas écrit grand-chose. Les mots sont venus difficilement, comme sortis du plus profond de mon intimité.

Pardon pour tout le mal que je vous ai fait.

Il n'y a rien à ajouter. Je me suis présentée ici avec des idées arrêtées sur la vie à la campagne, et finalement j'ai découvert des gens extraordinaires, que j'ai trahis bien malgré moi. Je ne vais pas refaire l'histoire et mes yeux sont secs d'avoir trop pleuré sur ce fiasco. Alors que je remonte doucement la rue, la fameuse 406 se gare devant la maison de ma grand-mère. Je suis certaine que son arrivée n'a échappé à personne. J'attrape ma valise derrière la porte et la tends au chauffeur qui a déjà ouvert le coffre. Il a le sourire aimable, mais je n'ai aucune envie de lui rendre la pareille. Je grimpe à l'arrière du véhicule et l'homme s'installe à son volant.

— La gare du Mans, s'il vous plaît.

45

L'esprit brumeux, j'arrive sur le quai dans un état second. Je me frotte les bras pour me réchauffer. J'ai froid, à l'intérieur comme à l'extérieur. Je suis là sans l'être. J'ai envie de pleurer, mais je n'y parviens pas. Les voyageurs défilent devant moi, je les vois à peine, jusqu'au moment où une silhouette se détache de la foule. À l'extrémité du quai, Bastien…

Lorsque ses yeux se posent sur moi, mon cœur s'emballe. Il me rejoint d'un pas décidé. Malgré un furieux besoin de me jeter dans ses bras, je ne fais pas un geste quand il arrive à ma hauteur. Submergée par l'émotion, je me sens incapable de prononcer le moindre mot. Il me domine de toute sa taille. Sa casquette cache la moitié de son visage, je ne vois que ses lèvres pincées, et ne sais dans quel état d'esprit il est. Mes jambes commencent à flageoler. Alors il retire sa casquette et ébouriffe ses cheveux pour les remettre en place.

— Range tes armes, tigresse, je ne te veux aucun mal.

— Comment étais-tu au courant que je me trouvais ici ?

— Tu croyais que la 406 de Gégé allait passer inaperçue dans le village ?

Je ne réponds pas.

— L'entrepreneur a appelé, dit-il.

Je retiens mon souffle.

— Tu n'étais pas obligée.

— Je sais, murmuré-je, les yeux baissés pour qu'il ne voie pas à quel point je suis bouleversée.

— C'est un beau geste que tu as fait.

— Vous en avez plus besoin que moi.

— C'est ce que tu dis !

— Pardon… je suis désolée.

Il me regarde un moment sans répondre, puis reprend.

— J'ai parlé à Marion.

Les mots de Bastien me percutent comme un boomerang en plein vol. Marion ? Ma douce Marion, celle qui a mis des mots sur mes larmes d'hier soir ? Je lui ai raconté l'arrivée de l'ex d'Élodie, la dispute avec Bastien et la façon dont je voulais réparer les dégâts que j'ai causés. Je lui ai aussi parlé de mon cœur en miettes. Mais que lui a-t-elle dit, à lui ? Et comment a-t-il pu entrer en contact avec elle ? Personne ne la connaît ici.

— Je vais mettre fin au suspense, car je vois que tu te poses pas mal de questions. Elle a appelé Madeleine avec le numéro que tu lui avais laissé…

Je souris malgré moi. Mon amie a dû trouver les arguments pour lui faire comprendre que je n'ai jamais cherché tout ce qui est arrivé. Mes lèvres sont comme scellées et je ne réussis pas à formuler le moindre mot.

— Elle m'a rapporté votre dernière conversation.

Je lève les yeux vers Bastien.

— Toute la discussion, insiste-t-il.

Je suis en apnée.

— Pourquoi es-tu là ? osé-je enfin demander.

Il se baisse pour se mettre à ma hauteur. Je me perds dans les effluves de son parfum tandis que sa barbe vient caresser ma joue. J'ai l'impression qu'il va m'embrasser, mais son corps continue de s'affaisser. Je ne comprends son geste que lorsque sa large main attrape la poignée de ma valise. Il l'a fait exprès ! Je le devine dans son regard pétillant d'amusement. Entre-temps, il se délecte du trouble qu'il a provoqué chez moi.

— Je suis venu pour te ramener chez nous, déclare-t-il, sûr de lui.

Chez nous ? Mon cœur se met à tambouriner dans ma poitrine. Que dois-je comprendre ? Ce « chez nous » se réfère-t-il à son village qui pourrait devenir le mien, ou à la maison où nous habiterions ensemble ? J'ai la chair de poule, et lorsque j'ouvre la bouche pour lui répondre, je reste muette comme une carpe. Si je prononce le moindre mot, je m'effondre en larmes. Autant m'abstenir. Ne sachant que faire d'autre, je lui offre un timide sourire.

— Tout le monde t'attend, poursuit-il.

Je meurs d'envie de me jeter contre lui et de l'enlacer, et je découvre que cette envie est partagée. Ma valise est de nouveau par terre et moi, blottie contre son large torse. Les battements de son cœur sont, à mon oreille, la plus belle des symphonies. Il me berce en me caressant les cheveux, avant de plier son immense carcasse, de prendre ma tête entre ses gigantesques mains et de m'embrasser avec volupté. Ce baiser est un mélange de promesses et de tendresse infinie, combiné à un désir intense. Moi qui me pensais condamnée à des relations amoureuses à sens unique ou sans lendemain, je sais, avec ce baiser, que je ne suis pas condamnée à ne rencontrer que des salopards minables qui abusent de ma gentillesse.

Pour la première fois, je ressens d'étranges papillons dans mon ventre. Si je me fie à ce sentiment inédit, je crois que je tiens le bon numéro : je vais enfin connaître le bonheur.

Épilogue

Cela fait plusieurs mois que je suis installée à Maintenant et ma nouvelle vie à deux me comble. Je chéris la place que l'on m'a faite dans ce village, et tout particulièrement celle que Bastien a libérée pour moi dans ses placards.

Le pauvre ! Il ne s'attendait pas à voir arriver un camion de trente mètres cubes devant le pas de sa porte. Je me demande moi-même comment j'ai réussi à caser autant de choses dans mon appartement. Bastien a eu la délicate attention d'aménager un bureau dans la troisième chambre pour que je puisse écrire au calme. Au grand bonheur de mon éditrice, la sérénité paie. Le syndrome de la page blanche n'est plus qu'un mauvais souvenir pour moi.

Je profite aussi d'un tas de petits plaisirs, entre autres dans ma cuisine, avec l'aide d'Albert. Grâce à un laborieux stage auprès de lui, nos repas à la maison sont plus variés. Il faut dire que Bastien n'était pas plus doué que moi et que le régime patates-pâtes-pain n'était pas favorable au respect de ma silhouette. Silhouette que Madeleine s'évertue d'engraisser par ailleurs à coups de crêpes et de gâteaux en tout genre. Tous les jours à l'heure du goûter, elle vient avec ses desserts pour clôturer les cours de français, de mathématiques et d'histoire que je donne à Simon.

En septembre prochain, le petit garçon intégrera une classe partagée dans la commune voisine. Il m'a suffi de convaincre le directeur de faire installer dans son école un équipement anti-UV. J'avais un argument imparable : l'intégralité des travaux était financée grâce à une cagnotte participative alimentée par les dons de mes lecteurs. Les Grandes Pipelettes en ont profité pour dynamiser leur club en organisant des ateliers littéraires dont je suis la marraine. Deux fois par mois, elles réunissent petits et grands pour des séances de lecture ou d'écriture. La bibliothèque du village est désormais parfaitement équipée pour recevoir Simon et je suis heureuse de voir ce petit s'épanouir au milieu des livres qu'il affectionne. Passion que je mets un point d'honneur à nourrir autant que possible.

Tout se passe bien : Antonin a adopté une souris pour tenir compagnie à son Jazz et les deux animaux s'entendent à merveille. Sous mon impulsion, Marguerite a présenté sa candidature au jeu Motus et a été retenue pour participer à une émission. Conduite par Gégé, notre secrétaire de mairie est revenue métamorphosée. Je soupçonne notre chauffeur de taxi d'avoir eu une influence sur cette révolution vestimentaire. Mon petit doigt m'a aussi dit que les allers-retours incessants de la 406 n'étaient sans doute pas anodins.

La paupiette et Bébert ont renouvelé leurs vœux de mariage à Honolulu, histoire de remplacer la photo du bar, et durant deux semaines, Élodie et moi avons tenu d'une main de maître le bistrot ainsi que le restaurant. Nous ne sommes pas les meilleures amies du monde, mais nous apprenons à nous connaître et à nous apprécier. Nous avons même travaillé ensemble à la décoration de la maison d'Élisabeth que j'ai laissée à sa disposition, puisque j'ai emménagé chez mon amoureux.

Ces mois passés dans le village m'ont permis de me réconcilier avec mon histoire familiale, mais je ressens toujours comme une injustice l'absence de ma grand-mère dans ma vie. Par ailleurs, Jean-Pierre fait de son mieux pour m'accorder une place de choix dans son existence : nous faisons de longues promenades tous les deux et il me parle beaucoup d'Élisabeth. Steph se joint parfois à nous et nous développons une belle complicité à trois. Elle me consacre aussi une demi-heure tous les jours et nous partageons le plaisir de séances de yoga à deux. Toute cette énergie positive m'a permis d'écrire un roman riche en émotions. D'ailleurs, Agnès ne tarit pas d'éloges. Il s'agit d'après elle de mon meilleur roman et elle ne doute pas qu'il fera vibrer mes lecteurs. Je vais régulièrement à Paris pour le travail, et j'en profite toujours pour voir Marion, qui s'organise aussi pour venir deux fois par mois nous retrouver à Maintenant, avec ou sans mari, mais toujours avec sa petite puce qui s'entend à merveille avec Simon.

Cela fait déjà un mois que Marion m'a fait la surprise d'organiser une fête pour nos trente ans respectifs, avec la complicité de tout le village. Elle avait rameuté nos amis parisiens et, tandis que Bastien m'emmenait faire du shopping à Tours, tout le monde s'activait pour transformer le Welcome en une véritable salle de réception. La soirée a battu des records de décibels et l'alcool a coulé à flots, donnant des idées coquines à mon amoureux.

Cela fait déjà un mois et, ce matin, j'ai l'impression que cette soirée va encore me réserver des surprises. Je sors de la salle de bains en tenant fébrilement un petit stylo en plastique sur lequel un deuxième petit trait est apparu. Un deuxième trait, qui, comme l'indique la notice pharmaceutique, va changer toute notre vie. Bastien et moi vivons une relation passionnée depuis quelques mois, mais nous ne nous sommes pas encore projetés dans l'avenir, du moins pas à ce point. Il était plutôt question de faire quelques voyages ensemble, pas d'aménager une nouvelle chambre. J'esquisse un sourire. Cette nouvelle me fait-elle plaisir ? Je ressens un mélange de joie et d'angoisse. Comment va réagir Bastien ?

Mon amoureux est installé dans la cuisine et lit un journal. Je m'approche de lui et l'entoure de mes bras.

— Dis, mon chéri, j'ai décidé de vendre le coupé, lui murmuré-je à l'oreille.

Il lève le nez et regarde devant lui.

— Ça te prend comme ça ?

— Non, je pense qu'il faut envisager de changer de voiture.

— Pourquoi ?

— Parce qu'elle est trop petite et je ne la trouve plus si pratique.

— Pratique pour quoi ? On a la dépanneuse quand on a besoin de place.

— Tu me vends du rêve, là !

— Non mais, blague à part, tu adores cette voiture, pourquoi veux-tu la vendre ?

J'aurais pu lui parler de la soirée d'anniversaire, lui rappeler le petit plaisir que nous nous étions accordé alors que tout le monde était en train de danser, et conclure sur la légende des naissances chez les Édouard depuis deux générations, mais je n'étais pas sûre qu'il comprenne tout de suite. En parlant voiture, je savais pertinemment qu'il saisirait l'allusion. Je m'attendais donc à cette question, mais je n'avais absolument pas réfléchi à une réponse. Je reste silencieuse quelques secondes, prends une profonde inspiration.

— On ne peut pas fixer un siège auto dans un coupé.

Je le sens se crisper. Plus un souffle, plus un bruit. Je m'écarte et me poste devant lui. Il a la bouche ouverte et les yeux écarquillés. Pas besoin de lui présenter le test de grossesse, il a visiblement compris. Face à son silence, je reste tétanisée quelques secondes, avant de m'installer sur ses genoux et de me coller à son torse.

— Bastien, tu ne dis rien !

— Je réfléchis, princesse !

Je me raidis. Et s'il ne voulait pas de cet enfant ? Lorsqu'il glisse ses doigts pour relever ma tête, je comprends que le suspense va être de courte durée. Il m'observe les yeux plissés, le visage fermé.

— Je me demandais si c'était pas trop tôt…

La déception s'abat sur moi. Depuis l'apparition de ce deuxième trait sur le bâtonnet, l'idée de ce bébé avait déjà fait son chemin dans mon esprit. Je me sentais prête à partager ça avec lui. Lui qui, en si peu de temps, était devenu mon essentiel. Mais à cet instant, je prends conscience que nous ne partageons pas les mêmes envies. Je m'apprête à me lever lorsqu'il me retient.

— … trop tôt pour annoncer à Jean-Pierre que je voudrais prendre un congé parental !

Je l'embrasse à pleine bouche, le cœur battant. Si on m'avait dit qu'un bâtonnet en plastique nous rendrait heureux à ce point !

Madeleine avait raison : « Le village de Maintenant est un présent que nous fait la vie et il faut profiter des petits bonheurs qui se cachent dans les détails du quotidien. »

J'ajouterais juste qu'il faut parfois changer de ciel pour mieux voir les étoiles.

Remerciements

Un roman ne s'écrit jamais vraiment seul.

Toujours plus facile de recevoir l'aide de… que de formuler des remerciements, avec toute l'intensité que ça implique.

À ma Lucie, tes premiers rires m'ont donné l'envie de continuer, tes remarques ont effacé mes doutes et tu m'as insufflé la rage d'y croire. Tu m'as portée à bout de bras pour que je termine ce roman. Merci pour ton soutien inconditionnel, je ne pourrai jamais assez te remercier et je te félicite pour la maternité de ce super slogan : « La comédie du changement, c'est maintenant ! »

L'aventure est encore plus angoissante lorsqu'on est jugé par ses pairs. Je remercie donc ma consœur et amie Sophie Jomain d'avoir émis des remarques pertinentes à la suite de la lecture de mon histoire.

Ce livre n'aurait peut-être jamais vu le jour sans ma petite fée Stéphanie qui a fait voyager mon manuscrit au pays des merveilles. Je ne remercierai jamais assez Bernard Fixot, Édith, Renaud ainsi que toute l'équipe de XO pour leur confiance et leur accueil si chaleureux au sein de leur maison d'édition. Une mention spéciale à mon éditrice Sarah, c'est une vraie chance de travailler avec toi. Tu as su m'amener au-delà de ce que je pensais être capable de faire.

À mon père, je ne t'ai jamais mentionné auparavant, mais tu es mon lecteur le plus enthousiaste, merci de toujours m'encourager avec autant d'émotion.

Merci à ma famille, mes proches et mes amis de me montrer combien vous êtes fiers de moi.

À vous, lecteur, lectrice, vous qui avez pris le temps de poser les yeux sur mes lignes, vous qui faites briller mes yeux d'émotion, merci d'être toujours là. C'est pour vous que j'écris, en espérant toujours vous surprendre. Pour les nouveaux et nouvelles, bienvenue ! J'espère qu'on aura l'occasion d'échanger dans un Salon du livre. J'ai tellement envie de voir des étoiles dans vos yeux !

La communauté Charleston a aimé !

Chez Charleston, nous sommes convaincus que, loin d'être une aventure solitaire, la lecture est une invitation au partage. Nous échangeons constamment avec nos lecteurs et lectrices, et nous sommes fiers de la belle communauté d'amoureux des livres que nous formons tous ensemble. Chaque année, nous choisissons au sein de cette communauté vingt lectrices et lecteurs qui nous accompagnent tout au long de l'année, et découvrent nos romans en avant-première. Voici leurs avis !

« C'est pétillant, frais et léger. Un remède anti-morosité rempli de personnages hauts en couleur et de situations complètement loufoques. »

@djustinee

« Un roman pétillant et porteur d'espoir, qui aborde avec humour les thèmes de la famille, de l'amour et de la résilience. »

@doresixtine_lecturesdesixtine

« Coup de cœur pour cette histoire qui rappelle l'importance des rapports humains et qui ne manque pas de rebondissements ! »

@strabissime

« Ce roman met en lumière des sujets de société et des secrets de famille. Parfait pour un moment de calme à travers la campagne. »

@dans_tous_mes_etats

« La plume fluide et empreinte de sensibilité de l'autrice m'a totalement conquise. Une ode à la simplicité et aux relations humaines ! »

@carnet_litteraire

« Une belle histoire, intrigante et avec une pointe d'humour et de romance, qui nous rappelle l'importance de vivre l'instant présent, de profiter de nos proches et du bonheur du quotidien ! »

@livresdesophie_

PEFC™ PEFC/14-38-00277

Cet ouvrage est composé de matériaux issus de forêts gérées durablement certifiées PEFC™.
Le Programme de reconnaissance des certifications forestières (PEFC™) est le plus grand organisme mondial indépendant de contrôle pour une gestion durable des forêts. Pour en savoir plus, consultez le site www.pefc-france.org

Achevé d'imprimer en avril 2024
par Novoprint
Dépôt légal : mai 2024
Imprimé en Slovaquie